moldávia

e outras histórias

timo berger

tradução: douglas pompeu

jabuticaba

Dados Internacionais de Catalogação na Publicação (CIP) de acordo com ISBD

B496m Berger, Timo

Moldávia e outras histórias / Timo Berger ; traduzido por Douglas Pompe
- São Paulo : Edições Jabuticaba, 2021.
112 p. ; 11cm x 17cm.

Tradução de: Moldavia
ISBN: 978-65-00-23981-2

1. Literatura alemã. 2. Contos. I. Pompeu, Douglas. II. Título.

CDD 833
2021-2216 CDU 821.112.2-34

Elaborado por Vagner Rodolfo da Silva - CRB-8/9410

Índice para catálogo sistemático:

1. Literatura alemã : Contos 833
2. Literatura alemã : Contos 821.112.2-34

Revisão: Rodrigo A. do Nascimento e Marcelo F. Lotufo

Design miolo: Marcelo F. Lotufo

Design da capa: Marcelo F. Lotufo e Bruna Kim

Desenho da Capa: Melissa Mendes-Vogelgsang

Edições Jabuticaba
www.ediçõesjabuticaba.com.br
www.facebook.com.br/Edjabuticaba
Instagram: @livrosjabuticaba

ISBN 978-65-00-23981-2

moldávia

e outras histórias

moldávia

Para Cecília Pavón

Verônica não usa sutiã. Isso se nota de cara, mesmo se você não reparar nela com cuidado como eu. Desde a sua chegada há duas semanas, está louca pela Moldávia. Não que ela tenha estado lá. Assim como não faz nada para um dia ir até lá. Ela simplesmente não para de falar sobre o assunto. E ai de mim se reajo irritado porque ela está contando mais uma vez sobre como os prados na Moldávia são verdes, mais verdes do que em qualquer outro lugar do mundo, especialmente do que os de Berlim, sobre como as vacas são felizes, como as pessoas são pacíficas. Segundo ela, quase não há carros por lá, no lugar deles há cavalos, nômades, fogueiras, cigarros baratos da Rússia e vodca em bolsas de couro. Se procuro então mudar de assunto, ela imediatamente se ofende e para de falar comigo. Sua reação me parece dissimulada. Mas não é. Está falando sério, ela diz, assim como leva a sério tudo o que diz.

Moldávia, lhe asseguraram, é a terra do amor. Outro dia, em um sábado à noite, numa balada aonde ela só tinha ido para uma curtida-de-sábado-à-noite, um homem de cabelos escuros surgiu de repente à sua frente e contou-lhe sobre a Moldávia. Não foi o primeiro nem o último a fazê-lo, mas foi nele que ela mais acreditou. Era certamente um moldavo, já que nesta noite ele havia sido tão bom para ela, deixando que se conhecessem na pista de dança, sem qualquer estardalhaço histérico. E trazia alguns gracejos consigo, que logo pôde traduzir ao inglês e então perguntar baixinho, depois da dança, se ela não queria ir com ele pra casa, e assim não apenas de início, mas até o fim, acabou por resultar num verdadeiro cavalheiro.

Lá do outro lado do Atlântico ela não teria aguentado ficar nenhum dia a mais, diz Verônica, deitando a sua cabeça no meu ombro. De sua varanda, num reflexo defensivo, apontou o microfone do seu gravador minidisc em direção ao barulho. "O nível", diz ela, "estava sempre mal regulado. Bateram panelas e frigideiras a noite toda. Havia fumaça e, de vez em quando, um carro explodia." Segundo ela, em algum momento desceu as escadas de pijama e chinelo até a rua. A praça inteira estava cheia de gente, diante do congresso as sirenes uivavam. Como uma sonâmbula foi avançando até a barreira policial. De capacete e blindados os policiais se mantinham alinhados.

Nada poderia tê-la atingido naquele momento, nem o gás lacrimogêneo, nem a massa de gente dispersada, nem os camburões de polícia que afastavam as pessoas. "Foi aí que percebi", diz Verônica, "que tinha de ir embora: era um levante atrás do outro, dia após dia, sempre os mesmos policiais na barreira, não cediam nunca, e às vezes atiravam pra valer. "Não sei o que deu em você", eu digo, "Ali estava ele finalmente, o grito dos explorados... Bom, tente dormir aqui no quarto de reformas: amanhã as seis começarão a perfurar." Verônica sacode a cabeça: Ha, ha… muito engraçado, ela diz, mas a Age of Irony já era. Já passou faz uma cara. O que uma pessoa como eu, claro, não seria capaz de entender.

Eu digo que ela, de alguma maneira, teria razão. E aí tenho que lhe dizer também que sua cabeça no meu ombro me incomoda. Talvez porque eu não goste que ela a ponha ali com tanta naturalidade, e eu não queira que pareça como se estivéssemos juntos ou prestes a entrar em um relacionamento. Mas o tiro sai sempre pela culatra. Então Verônica se zanga imensamente, como somente pessoas próximas de alguém fazem, quando veem no desejo do outro por um pouco de distância a rejeição de sua pessoa por completo. Então discutimos sobre reivindicações, sobre regras linguísticas, sobre gestos, sobre a interpretação desses gestos, sobre mal-entendidos conscientemente tolerados e outros que são provocados. Essas coisas não se escondem facilmente. Meus amigos perguntam por ela às vezes com simpatia, às vezes com apreço. Eles não acreditam em mim quando tento deixar as coisas claras. "Da maneira como vocês brigam! Algo deve ter acontecido antes", eles dizem. "Vocês dariam um belo casal, como óleo e água, como gato e rato, como pedra e pau: drama garantido."

Quando eu me viro para escapar da sua cabeça opressiva no meu ombro, ela me acusa dizendo que eu tomo a liberdade de tocá-la quando quero, mas que no seu caso ela nunca pode. Então diz: "você só faz de conta ou é mesmo tão insensível? Talvez você tenha mesmo é vergonha de mim, a moça da América do Sul... Certeza que tem algo a ver com isso. Apenas não tem coragem de assumir!" Quando eu desminto tudo em meus combates por desculpas, Verônica solta um de seus suspiros profundos. Somos tão diferentes, ela diz. Me aproveito de sua posição; ela diz que falou demais, que teria sido quase uma declaração de amor, que ela não poderia perdoar a si mesma. Já que sou, sem dúvida, uma má pessoa. Caso contrário, não teria deixado ela ir embora assim, pelo menos teria respondido a ela com um talvez ou um quem-sabe-um-pouquinho. "Casa comigo se quer se redimir", ela diz, senão ela teria de retornar às cabines telefônicas em chamas e às balas de borracha. Ela solta então em inglês, pois sempre fala em inglês quando quer me atingir: "*I never imagined that you could be so cruel to allow this*!"

Verônica: minha visita de Buenos Aires. Se tivéssemos nos conhecido em outras circunstâncias certamente nos teríamos apaixonado um pelo outro. Mas estar juntos pra gente consiste em uma série de brigas e cenas de despedidas para despedidas que, embora sejam pretexto pra isso, nunca são definitivas. Verônica tem 28 anos, quando ela sorri, é possível ver o espacinho entre os seus dentes da frente. Provavelmente ela nunca fez um tratamento ortodôntico; isso se nota de cara, mesmo se você não reparar nela com cuidado como eu.

"Clima psicótico" diz Verônica, visivelmente orgulhosa da expressão inventada por ela. É fim de março, ontem fez sol e fomos passear no parque, hoje cai granizo. Estamos os dois juntos deitados na cama, não conseguimos nos decidir sobre o que fazer, mas pelos menos concordamos que não queremos fazer nada. Não fazer nada juntos, isso não conseguimos. Até agora isso sempre nos levou a discussões. Temos ideias completamente diferentes sobre não fazer nada. Eu quero ficar em silêncio e comer e não ter que responder nada, muito menos em espanhol. Verônica quer ouvir elogios de minha parte, muitos e criativos e que eles soem verdadeiros. Mas isso eu não consigo, só o que consigo é pensar em elogios estúpidos, sobre os quais Verônica se irrita e nos quais ela, com uma intuição quase paranoica, identifica ironias e deboches dirigidas a ela. Talvez seja por isso que ela fez pouquíssimo caso em me ajudar a fazer uma lista de todos os elogios que ela gostaria de ouvir no decorrer de um dia. Lista que eu segui – admito – com pouquíssima vontade.

Verônica veste as suas calças leggings riscadas e um top cor-de-rosa, amarrado nas costas. Por que é que sempre sei exatamente o que ela está vestindo, mesmo que não a tenha visto o dia todo? E não só isso: também sei o que ela vestia de manhã, depois de se levantar, o que vestiu para sair, o que vestiu ontem e o que vestiu há duas semanas atrás. Verônica já havia notado minha fixação há muito tempo. Por isso, ela muda de roupa quinze vezes por dia, desaparece no banheiro, volta sorridente e pergunta: "O que acha?" O top rosa é feito de tecido sintético fino. A minha vontade é de toca-la e camuflar o meu toque com um "Que tecido é este?" Seus olhos estão borrados da balada, ela ainda não foi ao banheiro, mas ontem esteve ali por um bom tempo. Quando olhei para ela, estava de pé em frente ao espelho e disse que podia se dispor a uma mudança. Assim que eu repeti "A uma mudança?", a primeira briga da noite já havia começado.

"*Buenos Aires is in Argentina.*" "*Buenos Aires, the Paris of the South... The city of Tango music*", murmurei para mim mesmo. A minha geografia mental teve que ser refrescada depois que ela me deixou uma mensagem na secretária eletrônica dizendo: "*Soy Verónica de Argentina. I'll arrive tomorrow morning at 6:30.*"

No aeroporto, lá estava ela, de pé com roupas leves demais para o inverno. Sorriu quando me descobriu entre os passantes. Tive dificuldade em associar o rosto inchado com bochechas vermelhas à imagem da minha memória. Então nos beijamos, dissemos um ao outro aquelas coisas simpáticas que as pessoas dizem ao voltarem a se ver depois de muito tempo e não sabem mais exatamente o que vem pela frente, nem em que pé as coisas ficaram entre elas.

Tomamos o café da manhã, Verônica acabou adormecendo no meu colchão. Quando acordou, me disse: "Sonhei com você. Te dava beijos de amizade e porque eram tantos, você pensava que eu estava apaixonada."

O meu primeiro erro foi querer saber ao telefone se ela falava alemão. O meu segundo erro foi perguntar-lhe por que ela ouve techno e não tango. O meu terceiro e o mais grave foi eu ter emprestado o meu colchão de hóspedes e Verônica seguir dormindo na minha cama. Com isto eu mesmo providenciava munição necessária para os seus argumentos. Suas constantes armadilhas e perguntas de algibeira não eram mais necessárias. Eu era capaz de me expor com as minhas próprias declarações. Verônica tinha uma memória incrível, ela era capaz de reproduzir cada frase que eu tinha dito, palavra por palavra, com data, hora e tom de voz, quase como uma secretária eletrônica.

Na rádio anunciaram uma tempestade. A duas ruas de distância, as árvores tombavam uma atrás da outra. Não havia ninguém lá fora, apenas Verônica queria de todo jeito que eu a acompanhasse a um vernissage. "Você nunca sai comigo", dizia ela. A forma como falava em exclusividade irritava-me tanto que eu acabei tendo vontade de fugir.

Mas eu não pude fugir. Fui retido por um desconhecido desejo de estar em uma relação que não fosse guiada por princípios éticos, mas exclusivamente estéticos. Uma interação entre repetição e variação. Às fases em que reproduzíamos fielmente os arranjos de brigas previamente encenados, seguiam saltos inovadores, os quais impulsionavam os ciclos de destruição em uma forma espiral até um ponto final inimaginável. Verônica sempre tinha novas ideias, ela dizia: "*Vos sos puto.* Se não consegue fazer comigo, então é veado. De todo jeito, eu já suspeitava de você. Veja as suas ex-namoradas. Tudo meio homem." Ela sorria triunfante. Tinha me encurralado. Ou eu tinha que dormir com ela ou admitir que era gay. "Porque me apaixono sempre por caras que não defendem as suas preferências?" suspirou. "Eles sempre me dão esperança, pois não querem ficar sozinhos, porque querem que alguém lhes dê a sensação de que são homens. Então você passa uma noite com eles, e eles simplesmente adormecem ao seu lado, no meio de uma conversa, ou fazem uma cena, 'Não dá, eu não consigo' eles dizem, 'Eu te amo como um amigo' eles dizem. Eu sou uma dessas, disse Verônica.

"Não, não, o amor", alguém parece ter dito a ela, "o amor só se encontra na Moldávia. A Moldávia é a terra do amor. Nos campos, nos prados e especialmente nos porões, nos longos porões e caves sem saída, circulares, tubulares, nas arcadas e escavações subterrâneas encontram-se pessoas de toda a Europa, prontas para o amor. É na Moldávia que as andanças dos nômades mongóis chegam ao seu fim, eles recolhem ali seus cavalos no inverno e se espremem com os moldavos no banco ao lado do fogão de lenha. Quando os europeus se misturam com os mongóis, então surgem os moldavos." Foi o que ele disse a Verônica no sábado à noite, e quando ela escorregou dos seus braços, só lhe restava um único destino: Moldávia. Mas ela não conseguiu chegar mais longe do que Berlim. E esta Berlim não era assim como ela tinha imaginado a Moldávia. Os homens não olhavam pra ela, não falavam com ela, era ela que tinha que fazer tudo isso. Distante daqui, na região sudeste do país, o rio Dniestre fluía sem pressa e inatingível: "O último lugar onde vale a pena viver. De resto, a Europa é uma prisão, e vocês todos se entediam por detrás de seus próprios muros", dizia Verônica.

Meu colchão não era largo, eu nunca tinha conseguido dormir com outra pessoa nele, mas agora era possível. Durante toda a noite tivemos o cuidado de não nos tocarmos para manter a tensão residual. A certa altura estávamos cansados demais para conversar, não conseguíamos mais brigar. Verônica parecia mais conciliadora, eu já não dizia nada fazia algum tempo. Havia chegado o momento de nos abraçarmos. Mas isso não poderia acontecer de maneira alguma, senão pelo menos um de nós, muito provavelmente ambos, teria perdido a honra. Por um breve momento algo se resolveria, caso chegássemos a uma situação de concordância. Eu não teria tido mais argumentos para o porquê de não nos abraçarmos e viveríamos o que sempre nos uniu de novo. A tensão residual eletrizou os meus cabelos. Ao adormecer, Verônica estremeceu ligeiramente. Mas mesmo Verônica e eu tivemos a nossa Moldávia. Deve ter sido apenas uma, em um tempo em que éramos felizes, uma experiência que nos tornou inseparáveis e, ao mesmo tempo, impossibilitou qualquer união pacífica. Quando penso num encontro anterior, tenho apenas uma imagem à minha frente: ela está numa loja de artigos de arte, seu ventre escondido atrás do balcão. Eu olho nos olhos dela, ela não evita o meu olhar. E é tudo. De repente estamos sentados em cima do balcão cortando partes de corpos de revistas antigas. Primeiro a cabeça, depois as mãos e os pés, depois a barriga e os peitos. Verônica faz uma pilha a partir dos recortes e empurra as revistas esfarrapadas para a borda com o braço. Durante horas tentamos montar pessoas inteiras a partir dos recortes, mas falta sempre uma peça. Assim como nos nossos amassos só havia carícias e beijos, nunca relações genitais.

As relações sexuais estão proibidas na Moldávia, anunciou Verônica. Proibidas se não são feitas por amor, mas apenas por prazer. Verônica e eu buscávamos o prazer, nada mais. Se eu agora minto para mim mesmo e digo que teria entrado por acaso no negócio de artigos de arte, isso só pode servir para esconder a verdadeira natureza do nosso encontro, que não foi inocente e desinteressado, mas uma tentativa de reunir interesses, mesmo que essa tentativa tivesse historicamente maus antecedentes. Verônica diria que, sendo eu do Norte e ela do Sul, isso não poderia dar certo. As relações globais estavam claramente contra nós, e mais cedo ou mais tarde eu ditaria os *Terms of Trade*, eu não deveria iludi-la com nada. E pretextos, diria Verônica, haveria aos montes. Aprender com os outros, dar voz aos outros, e tudo o que ela aliás não ouviu. Tudo besteira. Se uma amiga de Liège não lhe tivesse dado 2.000 euros e um bilhete, ela ainda estaria sentada no seu apartamento. Segundo ela, foi por pena, e o pior de tudo: ainda esperaríamos alguma gratidão por isso.

Verónica sale sola, Verônica sai sozinha agora. Isto pode ser uma canção ou o título de um livro, mas é a verdade. E pra ela não basta que me relate suas aventuras à mesa do café da manhã. Ela espera que eu fique com ciúmes, que eu simule sentimentos que exercitava dentro de mim dolorosamente nos últimos meses, assim que Verônica passou a dar vida ao seu ódio pelas relações de casal através de amassos em casas de férias ou banheiros de festas particulares. Quando ela não voltou para casa na primeira noite, e eu fingi não notar nada, mesmo não conseguindo dormir a noite toda, ela não acreditou numa palavra, é claro. Ela me perguntou então se eu não tinha reparado em nada. O que deveria ter notado? respondi. Que ela não tinha voltado para casa, disse ela. Ela não tinha voltado para casa, perguntei. Ela tinha dormido em outro lugar, ela disse. Isso é assunto seu, eu disse, não estou interessado. Ela não acreditava em mim. E ela pode intuir na minha cara que me retinha agora exatamente onde ela queria que eu estivesse. E então ela começou a falar da sua noite mais maravilhosa na Alemanha, da pessoa mais maravilhosa que já conheceu na Alemanha: "René: um homem com inclinações sexuais concretas".

René, o moldavo, 37 anos, com unhas cortadas. Tão curtas que a maciez da base das unhas ficava exposta. René servia o café da manhã em pratos de papelão, porque ele gosta de estar sempre pronto para levantar acampamento de uma hora pra outra. Já faz doze anos que ele vive aqui. René, finalmente um homem! "Homens alemães", ouço como uma acusação, "os homens alemães são apenas homens pela metade: não encontram o clitóris no escuro, e os dedos arranham na busca". Mas o René chamou logo um táxi. Seguimos os trezentos metros até ao apartamento dele. De manhã, ele disse: 'Fique deitada'. Segundo ele nunca havia acontecido antes, que uma mulher na RFA tivesse puxado conversa com ele." René, *todo caballero*, abriu a porta do táxi que se aproximava, ajudou-a a tirar o casaco e colocou um copo de plástico com café perfumado na mesa de cabeceira. Ele abriu as cortinas. O seu olhar perambulou pelos trilhos de trem. Era domingo: ninguém lá fora. Os dois teriam uma manhã inteira só para eles.

É assim que eu imagino e sei que Verônica não voltará a me ligar até que ele lhe diga para não se apaixonar por ele, para não esperar nada dele, que ele não vai mudar por ela: a estepe, a liberdade que ele leva consigo desde pequeno. E ela não deveria segui-lo até a Moldávia, pois ela deveria encontrar sozinha o seu caminho até lá. Foi o que eu, por fim, também lhe disse. Mas quando ela se foi, pensei: pessoas como nós não perderiam nada naquele lugar.

um nó simples

Marie, com suas polainas listradas e sua rigorosa recusa em usar o bonde mesmo num frio de trincar, Marie, que ao invés disso oscilava em uma bicicleta raquítica e não se importava em esconder suas orelhas de tamanho ligeiramente distinto sob um gorro que em qualquer outra pessoa pareceria ridículo, Marie foi quem não deixou Rother sair naquela noite, apenas para um último copo antes de domingo, como ela disse, antes da rotina dos parques e das famílias com crianças que tomariam as ruas em poucas horas, mas agora, disse Marie, agora a cidade ainda nos pertence, como aquele bar que de repente surgiu do nada numa esquina, um bar que Rother nunca tinha notado antes, o que o deixou perplexo, porque ele não era alguém que passava por bares sem percebe-los. Assim, surgiram dúvidas sobre ele, se talvez por um momento suas coordenadas de espaço e tempo tinham se confundido, e Marie e ele não estavam no lugar que eles pensavam que estavam, ou que tinham embarcado milagrosamente para uma viagem através do tempo, e enquanto Rother ainda estava pensando no que em vez disso deveria estar naquele lugar, Marie já estava puxando sua manga, tentando manobrá--lo através da porta para a semi-escuridão, ambos balançando por um momento no limiar, unidos no equilíbrio lábil da embriaguez.

Marie era uma das poucas mulheres com quem Rother se sentia em boas mãos, que não queria mudar nada nele, com quem ele podia passar uma noite e o dia seguinte sem ter que atravessar aquele campo de neve propício à avalanche que deve inevitavelmente levar a um relacionamento ou a uma fenda glacial. Marie continuou sua amiga quando saiu de seu abraço noturno em uma manhã aleatória, desviou a boca sem rumo dele com a sua bochecha ou deslizou as mãos dele de volta para partes não comprometedoras de seu corpo. Uma camiseta à noite, uma toalha de manhã, ela ficou para o café e tudo parecia familiar, como se já tivessem passado por um relacionamento e também pela fase de separação e reconciliação e tivessem chegado à conclusão de que era melhor do jeito que estava.

Ao contrário da amizade, as festas que freqüentavam juntos eram soluções para constrangimentos, resultantes de noites solitárias. Normalmente era Marie que ligava para Rother e logo papeava animada, só para notar que Rother, ao contrário do habitual, não estava monossilábico, mas ouvia atentamente, e Marie então ousava perguntar se ele já tinha algo planejado para hoje e ouvia Rother dizer que ainda tinha que terminar algo e fazia uma pausa, mas então, quando a pausa se tornava longa e ele sentia que Marie estava prendendo a respiração, acrescentava rapidamente que isso poderia esperar até amanhã. Normalmente Marie também vinha com uma sugestão pronta para onde pudessem ir, nunca algo que empolgava Rother imediatamente, mas a perspectiva de trocar sua escrivaninha por sua companhia por algumas horas fazia quase sempre com que ele concordasse de qualquer forma.

Rother gosta de se lembrar daquela primeira noite no bar Bellmann, que foi realmente apenas o resto de uma noite, um desfecho surpreendente depois de uma festa morna na casa de conhecidos distantes de Marie. Deve ter sido entre três e quatro da manhã quando os dois bateram na porta, assustando figuras debruçadas sobre copos de cerveja. O olhar de Rother saltava de um lado para o outro, entre o fundo espelhado e o balcão, entre a luz das velas e um piano à parede, até cair sobre as mesas que competiam por espaço nos dois cômodos apertados. Ele geralmente ridicularizava essas tentativas de criar um ambiente com luz bem intencionada e reboco quebradiço que fazia com que as máculas físicas e psicológicas da outra pessoa, assim como as suas próprias, fossem esquecidas. Como regra, Rother evitava bares onde o público se misturava muito com a decoração, tornando-se a própria decoração, de modo que os lugares não podiam mais ser pensados sem seu público. Sem pedir, Morissey cantava uma de suas canções melosas e Marie pedia duas vodkas duplas. A essa hora você tem que beber vodka ou então dar um tiro na cabeça, disse ela, olhando para ele com determinação e parecendo de repente notar que o braço de Rother, que ele havia usado para protegê-la de uma queda há pouco, estava ainda ao redor de seus quadris. Ela o puxou para uma das mesas vazias no fundo da sala. Não olhe para mim desse jeito, disse Marie, e deu um empurrão em Rother. Havia algo estranho entre eles naquela noite, naquele resto de noite, que não havia sido de outra forma até onde Rother se lembrava, uma espécie de jogo de quem iria ceder primeiro, cair em risadas primeiro. Na verdade, Rother queria abandonar a festa muito mais cedo. Marie esteve conversando animadamente com um homem no corredor que, como Rother havia notado imediatamente, fazia exatamente o tipo dela e a quem ela chamaria mais tarde apenas de babaca. Deixando-a sozinha, Rother trocou indiferente o buffet esvaziado na cozinha pela pista de dança na sala de estar, que no entanto não parecia estar ficando mais cheia, sugerindo a Marie que ele queria ir embora, o que ela não permitiu: veio comigo, vai embora comigo, disse ela, e somente quando Rother mais tarde se encontrava sentado em uma minúscula cadeira dobrável na cozinha junto com outra mulher que ele não conhecia e já não sabia ou não queria saber qual deveria ser o próximo passo, Marie finalmente deu, a seu modo, o sinal para abandonar o navio: Rother, vamos! Partiu!

Ele não deveria olhar assim para ela, disse Marie novamente quando eles se sentaram. E: você, afinal de contas, está bêbado.... E então ela disse, como se precisasse de alguma garantia adicional para não perder o controle sobre o andamento da noite, ela sabia separar tais coisas, mas se ele também sabia, ela não tinha certeza. Então ela ficou em silêncio, talvez acendeu um cigarro, e depois de um tempo ela disse que seria bom, suave e caloroso, familiar, mas isso era tudo o que havia, por mais que ela buscasse ouvir de dentro de si. Ali não palpitava nada.

Foi o primeiro beijo da amizade deles e nenhum deles riu. Foi um beijo sério, um beijo que ambos tinham imaginado secretamente em algum momento, certamente em momentos diferentes. Suas cabeças se separaram tão abruptamente quanto se tinham juntado. Marie olhou para ele e começou a chorar. Mas apenas um de seus olhos estava lacrimejando. Rother notou que havia um pequeno ponto vermelho no dorso do nariz dela.

Eles se separaram em uma das pontes sobre o canal, Marie subiu em sua bicicleta e seguiu a água, Rother se perdeu rapidamente do outro lado. Não houve um segundo beijo, Marie pediu um lenço, retirou a mão de debaixo da mão suada dele e começou a contar-lhe sobre o cara que, como agora confessava a Rother, ela já tinha conhecido antes e cuja aparição na festa não tinha sido por acaso, mas combinada. O cara tinha sido bastante charmoso no início, mas depois de repente começou a ser abusivo, para criticá--la, embora ele mal a conhecesse, esse babaca, o que ele quer afinal de mim? Rother espantou uma recaída silenciosa de ciúmes. Não era que Marie o estivesse iludindo, Rother acreditou por um instante que ele se lembrava dela lhe contando anteriormente sobre esse cara. Talvez ela até tivesse pedido pelos seus conselhos. Mas Rother costumava esquecer coisas que não concordavam com o que ele havia imaginado antes, e Marie ele acreditava estar sempre solteira, mesmo quando ela lhe contava quase todas as suas histórias de amor. No entanto, parecia agora que ela contava então de outra Marie, não da Marie que ele conhecia, como se essas histórias de amor só a afetassem tangencialmente. Como se fossem episódios fechados em si mesmos. E então ele se lembrou novamente de como, há alguns dias, ele esperava de pé por Marie na plataforma de trem, e Marie chegou, como de costume, atrasada para o encontro, e se esgueirou atrás dele, colocando as mãos dela sobre seus olhos e dizendo com uma voz disfarçada, adivinhe quem é, e de como de repente ele achou isso divertido, mesmo tendo notado ela de início. Marie, com suas polainas listradas e sua recusa em deixar a bicicleta mesmo no frio congelante, Marie que espalhava para ambos tofu defumado sobre o talharim, contando de passagem que ela tinha conhecido aquele cara na noite anterior, mas que o que havia acontecido entre eles era apenas físico, Marie, convencida de que ela conseguia separar sexo e amor e também certa de que ele simplesmente não sabia, que homens não eram capazes disso. Marie parou por um breve momento no longo corredor que, passando pelos banheiros, conduzia até a cozinha, abriu seu espelho de maquiagem e olhou para seu rímel borrado. Meu Deus, olha como estou!

Quando Rother tirou seus sapatos em casa, notou que Marie havia amarrado um coraçãozinho de papel laminado em seus cadarços, um nó simples e quebradiço que certamente correria o risco em outras noites de se desfazer sozinho.

posições remanescentes

Seguido por Brahma, Quilmes continua liderando os rankings de cervejas. Mas este ano houveram alterações nas posições remanescentes: Schneider conseguiu chegar ao terceiro lugar. Segundo a empresa de pesquisa de mercado Icks, a Quilmes tem uma participação de mercado de 45,29%; Brahma, 14,97%; Schneider, 5,33%; Palermo, 5,29% e Isenbeck, 5,19%. A Schneider pertence ao grupo CCU, que também produz por aqui Budweiser, Heineken, Santa Fé, Córdoba e Salta. A Schneider é distribuída na capital desde 2001.

Isenbeck é a melhor, a escura Warsteiner também é boa, ou a irlandesa que tomamos outro dia no clube Cigale. Só que aqui eles não a vendem, a escura, diz Wendy, que me acompanha até o quiosque na rua seguinte, o único quiosque que ainda está aberto a esta hora, sem que saiamos do bairro. Há pessoas à nossa frente. Entramos na fila e fingimos não haver nada entre nós. Mas eu me esqueço disso sempre e tento beijá-la no meio da rua. Para com isso! Tem gente que me conhece por aqui, diz Wendy, e então vão contar tudo ao Rubén: E aí Rubén? Meu velho, ontem vimos sua irmã. Tava com um cara, um loirinho, não era daqui, não, faziam um belo par. Eles vão dizer isso e então você pode esquecer a história toda. Imagina, ele vai pirar.

Ela usa um colar de veludo preto, uma argola na sobrancelha e um cinto cravejado. É o visual que eu mais gosto nas garotas de hoje. Tem um peso aí? eu pergunto a ela. Em troca da sua participação nas compras, eu a deixo escolher a cerveja. Ela não hesita, pede dois litrões com um rótulo marrom: Quilmes Bock, que tem quase o dobro de álcool que a Quilmes normal. Além disso um pacote de dez maços de Marlboro para acompanhar, digo ao homem do quiosque, ele nos conhece e sempre que o encontro sem a Wendy, ele me pergunta se eu já tive... ah, você sabe. A garota é talentosa, diz ele. Cara, se você não se apressar, eu vou conhecê-la...

Seus fãs aqui na vizinhança, ali estão eles, e pertencem a ela tanto como os cigarros. Eu não fumo, não deveria fumar, não fumei até o dia em que a conheci, em um clube. Quase não havia pessoas lá, a música insuportável, e ela, linda, ali de pé na entrada, já olhando para mim. Eu não sabia como deveria chegar nela. Mas nem isso foi preciso. Ela chegou em mim sem delongas até. E a maneira como ela chegou em mim: veio com uma cerveja, brindou comigo, disse apenas saúde e mais nada! E depois de tomar um gole, me entregou a garrafa, a cerveja estava gelada, bem gelada e uma delícia.

Depois fomos pra fora comprar cigarros e finalmente acabamos na pequena praça de Palermo, ficamos lá o resto da noite, bebendo uma cerveja atrás da outra, cercados de cães e meninos, o cheiro de erva no ar. Wendy contava e contava suas histórias, e eu não fazia outra coisa além de olhar para ela: seus olhos escuros, que se destacaram ainda mais por causa da linha preta do lápis, as pálpebras turquesa. O quanto ela tinha para contar! Quantos amores com defeitos de nascença, quantos delírios em porres e viagens com drogas! E o álcool a acelerava, a clareava, enquanto me amortecia, até que eu tivesse enjoos, até que eu tivesse que pedir desculpas e sair correndo. Vomitar nunca é bonito, lidamos melhor com isso quando estamos bêbados. Não sentimos a dor das câibras, a moleza tensa do estômago pouco antes de explodir.

A Bock não é mole, não. Como eu te conheço, vai subir rapidinho, diz Wendy, sorri e bebe. E não sei por que diabos sempre temos que nos embebedar primeiro, antes dos beijos, dos abraços e dos toques, que às vezes são muito toscos porque não há tempo nem lugar onde podemos nos recolher. Um amor de calçadas, de entradas escuras e apertadas das casas, das excursões no ônibus, no metrô sem rumo. Beijos sem saída com um olho sempre aberto, espreitando por cima do ombro, escaneando as caras da gente toda que passa, pra ver se não está ali o Rubén ou o namorado de Wendy entre eles.

Vamos para sua casa, eu digo, eu pego a garrafa, você se agarra no meu braço. Mas ela, não, pega um cigarro, acende, traga e passa pra mim. Eu observo os minúsculos rastros purpúreo do seu batom, sinto o gosto da fumaça, prendo-a, libero-a, dou outro trago, olho para ela, olho para mais de perto. Ela se deixa olhar, ela gosta quando eu olho para ela, quando eu a elogio com meu olhar. Ela recentemente completou dezenove anos, é linda, tem bom humor, pensa que é imortal, dez anos de diferença entre nós, ela é imortal. Ela já tomou todas as drogas que eu nunca provaria. Segundo as próprias estatísticas, fodeu mil vezes mais do que eu. Com sua melhor amiga, com o namorado da irmã, com o homem do quiosque, não é Wendy? Ela ri. Me contar isso tudo lhe dá tesão, eu vejo seus mamilos se projetando através do tecido sintético preto e fino do seu top. Diga alguma coisa, ela diz, me conta algo. Eu não quero ficar falando sozinha o tempo todo.

E aí, o que eu posso contar a ela? Eu não sei exatamente por que, mas sinto a obrigação de superar as suas histórias, de inventar façanhas sexuais tão dramáticas quanto as dela. Porque a única coisa que eu não quero quando estamos juntos é que seu olhar se perca, que de repente ela siga com os olhos um cara do outro lado da rua.

Que cara nojento!, diz ela de repente. No outro dia ele se atirou pra cima de mim. Estava tão bêbado. Eu não gosto de bêbados, mas até mesmo isso eu poderia suportar. Ele tinha mãos tão, mãos tão bonitas. Ok, isso são detalhes, admite ela, mas o que realmente importa é dormir pouco e sair o tempo todo. Toda a sua filosofia resumida em duas meias frases.

Ela agarra minha mão, fica na ponta dos pés, inclina-se para mim. Sinto os seios dela me tocando, farejo seu aroma, baunilha misturada com nicotina e suor. Sua língua espumosa faz cócegas nas minhas gengivas. Eu a procuro, eu a procurei, eu vou procurá-la.

Ei, parou. Rápido, meu irmão está voltando, não tá ouvindo? Ele está chegando bêbado em casa, quase chuta a porta abaixo, vem do Marquitos. Ele tava assistindo o jogo lá. Racing parece ter perdido feio, pra ele estar chegando agora, e vem com a pá virada. É melhor se ele não te ver.

Você ainda gosta de mim?, pergunto pra ela no seu quarto.

Que tonto, ela diz. Se nem você mesmo não sabe.

E o seu namorado? pergunto.

O que é que tem? Ele ainda é o segundo na minha lista. O primeiro da minha lista será sempre o vocalista do Blur. Mas não venha me dizer que não há alterações nas posições remanescentes. Você conseguiu chegar ao terceiro lugar. Ali estava um outro cara no ano passado, quando você não vivia na capital.

Vejo como ela toma nosso último gole de cerveja. Vejo como ela fecha a janela e puxa a cortina. Vejo Rubén entrar, dar uma busca no quarto com os olhos e cumprimentá-la com um beijo, bem perto da boca. Aqui fora, Rubén, rá-rá, você não pode me ver.

i→
←i

mapas inadequados

Se houvesse mapas não apenas para o espaço, mas também para o tempo, tudo seria mais simples: acontecimentos do passado poderiam ser esclarecidos sem sombra de dúvida com apenas uma olhada na ilustração e na legenda que a acompanha. É certo que mapas também são abstrações, e que sua escala determina sua precisão. Mas na era das imagens de satélite, trata-se apenas de uma questão técnica até que seja desenvolvido um mapa mundial com a escala da superfície da Terra. O tempo, entretanto, resiste a todas as tentativas de retratá-lo sem ambiguidades. Contudo, já existem pessoas trabalhando nisso, pessoas que chamaremos por ora de cronistas, e entre as quais uma se propôs a registrar a história que se segue. Mesmo sabendo que, quando duas pessoas se encontram e uma terceira começa um relato sobre elas, entramos em um terreno altamente incerto.

Quando este cronista, como faz todas as manhãs, dá uma olhada nos diários on-line mais visitados da Internet, se depara – nos últimos tempos, ainda mais frequentemente – com a página da Boca de Morango, uma mulher de quase dezoito anos de idade com olhos sombreados e lábios pintados de vermelho, dos quais rola como uma pérola uma lágrima de sangue. Dia após dia, ela expõe seu autodesprezo em letras maiúsculas na rede. É inevitável para este cronista não pensar em Vanessa, que há algumas semanas atrás ele reencontrou pela primeira vez depois de muito tempo. Vanessa não o reconheceu imediatamente, mas se virou quando ouviu seu nome sendo chamado, não hesitando diante de um abraço caloroso. E assim se separaram após uma breve conversa com a promessa de se verem em breve novamente. Um segundo encontro não ocorreu, mas toda a noite este cronista cheirava sua jaqueta, que durante algumas horas fugazes havia tomado o perfume dela. O cronista se perguntava por que Vanessa ainda assombrava sua cabeça quando, algumas semanas depois, encontrou André, com quem mantinha durante anos uma amizade regular, mas distanciada, que se resumia em dois encontros por ano, mesmo quando ambos viviam na mesma cidade. Como entre ele e André havia o acordo tácito de não falar sobre assuntos emocionais, o cronista não encontrou uma deixa para falar sobre o seu encontro, mesmo sabendo que Vanessa esteve, ou pelo menos tinha estado, em um relacionamento com André, o que levou o cronista a se lembrar de repente que ele sempre invejou André um pouco por isso. Em vez disso, o cronista comentou com o amigo as novas fotos da Boca de Morango, exibidas por ela com cortes sangrentos nos braços e nas meias de arrastão, e sobre o retorno incessante dos anos 80.

Se alguém perguntasse a André sobre os anos 80, ele explicaria que os anos 80 foram uma era indizível: a música Wave, as festas, as drogas esquisitas em spray, a moda. Estas calças cenoura curtas demais, o sem-fim de laquê no cabelo e acima de tudo esta frieza, que consistia em celebrar publicamente uma melancolia autodestrutiva.

Se alguém perguntasse a Vanessa sobre os anos 80, ela primeiro se reclinaria para trás, talvez se entusiasmasse um pouco com a ideia de seu pôster do Aha, pensaria em uma tentativa de suicídio precoce, e que graças a Deus ela não sabia na época que era preciso cortar a veia do antebraço longitudinal e não transversalmente. Provavelmente não pensaria em seu primeiro grande amor, mas certamente na fossa após o primeiro grande amor.

Se alguém perguntasse ao cronista sobre os anos 80, ele pensaria antes de tudo em André e Vanessa.

Se alguém perguntasse a André como ele e Vanessa, na verdade, se conheceram, provavelmente ele diria: em uma festa num porão forrado com madeira, a primeira versão de *Boys don't cry* tinha acabado de ser tocada. Aquela com a voz aguda que Robert Smith nunca mais tinha alcançado. André teria, ao ser repelido pela música – na época ele ouvia basicamente rockabilly – saído pelo corredor escuro e se deparado com uma multidão de braços e pernas. Os casais da festa haviam se fundido na semi-escuridão formando uma divindade hindu, cujas cabeças de Medusa se beijavam constantemente e faziam outras coisas sobre as quais ele não queria falar agora, mas podem acreditar, dizia ele, que todo tipo de coisas acontecia nas festas em que ele costumava curtir antigamente.

No final do corredor, no patamar da escadaria, estava Vanessa, segundo ele, sentada e chorando. Mexas de cabelos tingidos de preto cobriam o rosto dela. Aparentemente, ela tinha bebido demais e pressionava agora os joelhos um no outro, como se fossem seu único apoio no mar de tristeza em que ameaçava naufragar naquele instante. As lágrimas haviam borrado sua maquiagem e escorriam pretas pelas bochechas. Embora ele não fosse seu amigo – conhecia-a, se bem se lembrava, de passagem, da vizinhança – tinha se sentido obrigado a oferecer-lhe consolo, a oferecer-lhe um lenço ou a abraçá-la. Ele havia esperado então um momento para ver se o estado dela se alterava – o que não foi o caso – e depois perguntou se ela queria ir lá fora com ele para tomar um pouco de ar. Sem responder, ele disse, ela tinha se levantado e, agarrada ao seu braço, o acompanhou.

Na frente da porta do apartamento, os dois teriam ficado em silêncio por um momento, André continuaria. Se ele tivesse se lembrado dos nomes das constelações naquele momento, como André suspeita até hoje, Vanessa provavelmente teria ficado do lado de fora da porta com ele por muito mais tempo. Talvez ele teria podido deixar passar assim uma ou duas ambiguidades ao desenvolver uma conversa sobre enxames de estrelas cadentes e foguetes, que Vanessa não teria preterido ou rejeitado ironicamente, e ele poderia então animá-la a dar uma pequena volta pela casa, até que eles caíssem um sobre o outro enquanto circundavam o grande jardim – possivelmente atrás de uma sebe. Mas tudo isso não passava de especulações, abafaria André assim toda tentativa de constatar se houve ou não, neste primeiro momento, potencial – como ele defendia – para uma noite juntos.

Desde sempre André nutria – o dever do cronista exige ressaltar – uma ideia estranhamente canina da sexualidade, que não se desvaneceu mesmo após sucessivas tentativas de relacionamento com mulheres jovens. Secretamente, ele pensava em cães pastores trepando, um sobre os outros, quando via mulheres que lhe agradavam passando por ele, mas não retribuindo suas secadas inequívocas. Por outro lado, quando as mulheres tomavam a iniciativa por conta própria, ou pelo menos davam a entender que estavam dispostas a se encontrar com ele, ele geralmente pensava em peixes prateados escapando da luz.

Apesar da noite estrelada, André continuaria, Vanessa e ele não tinham se afastado da entrada da casa; ele tivera um branco astronômico e olhava, portanto, alternadamente para o céu e para o chão, até que finalmente notara os sapatos desajeitados dela, que deveriam estar em moda na época, e dos quais uma caveira branca e uma aranha igualmente branca brilhavam à luz do poste da rua.

Quando André pegou na mão dela, diz ter notado que as costas da sua mão estavam forradas de cicatrizes. Ela havia tentado tatuar a si mesma, como tentou se explicar diante da expressão de interrogação na cara dele. Um V de Vanessa.

No passado, ao jogar verdade ou desafio, ocorrer-lhe-ia de repente, ele tinha – quando possível – escolhido verdade. Ele era bom em mentir, menos em beijar. Vanessa tinha ficado tão perto dele que ele pôde sentir o calor da sua pele. Ele tinha dito então de forma inaudível "ossos do ofício" e pressionado seus lábios contra a boca molhada dela. O gosto era salgado, mas isso ele já teria podido imaginar antes. No final das contas, ele não tinha oferecido a Vanessa nem um lenço nem a manga da sua blusa, mas levado-a apenas para tomar ar fresco. Vanessa tinha virado a cara logo em seguida. Não tinha ficado com nojo, mas também não tinha demonstrado nenhum interesse duradouro por ele. De repente, estava no entanto completamente lúcida e sóbria. Os olhos dela ainda estavam um pouco vidrados, mas determinada e sorrindo disse que ele deveria parar agora e que ele era um maluco. Um maluco amável, André afirma ter ainda ouvido ela dizer. Depois ela insistiu em voltar lá pra baixo junto com os outros.

Se alguém perguntasse a Vanessa como ela e André se conheceram, e se alguém a confrontasse com a versão dele, ela provavelmente respiraria fundo e faria uma cara pensativa. Através de sua hesitação, sua abordagem estancada, se ela então por fim começasse a contar, daria lugar a uma incerteza que não poderia ser dissipada através de sua narrativa. Pelo contrário, isso alimentaria a suspeita de que as respostas dela poderiam não corresponder completamente aos fatos, que ela talvez pudesse se lembrar de mais, mas que ela não estava preparada para admitir esse mais, ou que ela havia recalcado isso tudo profundamente e que simplesmente não seria possível para ela falar sobre isso antes de recorrer a sessões terapêuticas.

Talvez devamos simplesmente acreditar quando Vanessa diz não mais saber exatamente o que aconteceu naquela noite, apesar de ser capaz de se lembrar exatamente da música que estava tocando no porão quando ela voltou de seu pequeno passeio lá fora – se estava sozinha ou acompanhada, ela não conseguia se lembrar. Em todo caso, o ar no porão estava abafado e o papel de parede ocre granulado tinha lhe dado uma dor de barriga estética. Quando ela voltou a se juntar aos outros, ouvia *Love will tear us apart* numa versão bossa nova, diria ela, vinda dos alto-falantes empilhados. Os holofotes teriam brilhado alternadamente em vermelho e amarelo, e os dançarinos brincavam com balões em forma de minhoca e caracol. Embora as duas últimas lembranças correspondessem muito provavelmente aos eventos reais, ou pelo menos chegassem muito próximos deles, a afirmação de que ela tinha ouvido *Love will tear us apart* em uma versão bossa nova pode ser, e com razão, posta em dúvida. É de se supor que os eventos já se encontrem alguns anos no passado. Basta examinarmos os dois mais de perto com os próprios olhos: Vanessa estava em boa forma, e isso não é nem mesmo um elogio infeliz de um cronista que tenta se oferecer a uma mulher de trinta anos. É que imaginar André, com as raízes dos cabelos grisalhas e suas rugas profundas na ponte do nariz, procurando na semiescuridão do porão por corações solitários, é de fato algo um tanto difícil. Vamos assumir que a canção foi tocada na versão original do Joy Division, e que Vanessa, por isso, se lembra de uma versão bossa nova – muito provavelmente a da Nouvelle Vague – porque ela comprou o disco recentemente ou porque o ganhou de presente, talvez porque a atmosfera daquela versão combine muito melhor com a versão anterior que, pelo menos em sua memória, já não era uma versão sombria e depressiva, mas uma versão muito mais melancólica, como o desvanecer do inverno e as primeiras flores de açafrão abrindo caminho através da coberta de neve derretida.

O que é certo em todo caso – e com o que Vanessa e André concordariam, mesmo que questionados separadamente – é que eles viajaram juntos para a Itália algum tempo depois. Sentado ao lado de Vanessa no banco do passageiro durante toda a viagem, André tinha que ler os mapas. Vanessa havia trazido, porém, os mapas errados, que só exibiam as áreas por onde eles estavam passando em suas miúdas representações nas páginas de visão geral de todo o país. A leitura tinha lhe dado dores de cabeça, mas ele não disse nada, pois quando, no início da viagem, ele tentou falar com Vanessa sobre esses serem mapas inadequados, antes que ele pudesse terminar sua frase, ela tinha respondido que era ela aqui a motorista. Se ele tivesse alguma crítica sobre o estilo de direção dela, então ele é que se sentasse atrás do volante. Como ela bem sabia, tratava-se de um argumento definitivo, já que ele não tinha sequer carteira de motorista.

Aos seus pais eles haviam dito que iriam com um grupo de amigos ao Lago Como. Mas ao entrar na pista eles tomaram a saída para Munique e depois dirigiram em direção à Áustria. Dormiram em um estacionamento sujo perto de Bérgamo e se sentiram jovens e rebeldes quando os carabinieri bateram em suas janelas embaçadas pela manhã, encorajando-os a seguir viagem e acenando com a bloquinho de multas. Por volta do meio-dia, chegaram em Veneza.

Nem André nem ela sabiam o que os tinha aproximado, se estavam juntos ou se talvez já não estivessem em um relacionamento há muito mais tempo do que pensavam. Quando eles tentaram determinar uma data exata de início, ocorreu a ambos um ou dois incidentes que relativizavam essa mesma data. Olhares furtivos, telefonemas, André querendo se lembrar de um abraço mais apertado em uma festa de stand-up blues, Vanessa querendo se lembrar de mensagens de amor entregues por amigos em comum. Ambos concordam que sempre quiseram se conhecer melhor, mas que, por várias razões, isso nunca chegara a acontecer. Provavelmente porque, até onde André se lembra, Vanessa sempre teve um namorado. Entre os mais recentes, o inexprimível Volkmar, cinco anos mais velho que ela e no qual André nunca havia encontrado o que ela achava atraente nele. Isso ele não tinha mesmo que entender, retrucaria Vanessa neste ponto da discussão, tentando conduzir a conversa de volta ao seu ponto original. Por uma questão de praticidade, André sugeriria então fixar uma data e depois esquecer juntos de que se tratava de uma data inventada e não de uma data real. O dia da chegada deles em Veneza, por exemplo, ou a festa em que eles se beijaram pela primeira vez. Mas Vanessa não aceitaria esta solução – escolher o primeiro dia em Veneza, seria sim romântico, mas não correspondia à verdade – e o primeiro beijo, apenas desejado por ele, nunca retribuído por ela, embora ela – e esta confissão era sempre como uma alfinetada no coração dele – não conseguisse se lembrar de modo algum do beijo em questão.

Assim, tudo permaneceu suspenso. André, apesar de ser amigo da clareza, chegou a um acordo com o estado incerto de coisas. Vanessa não quis se comprometer precipitadamente.

Apesar disso, tinham consciência de que naquela época estavam reproduzindo um dos maiores clichês dos casais – a viagem a Veneza – mas, como ninguém deveria descobrir isso, assumiram que não valeria, que se trataria de uma espécie de ensaio geral antes da apresentação real. A fim de preservar este caráter improvisado da viagem, eles não tinham levado consigo nenhum guia ou mesmo atlas linguístico. Desse jeito, para os que os vissem a distância, podia parecer que eles tinham apenas se perdido acidentalmente – como André percebia agora, fazia assim todo o sentido que Vanessa tivesse trazido os mapas errados.

Em Veneza, André tentou converter seu precário espanhol em um italiano de ouvido. Vanessa falava inglês, mas logo descobriu que compreendia as respostas inglesas dos italianos ainda pior do que o dialeto veneziano e então insistiu em se dirigir às pessoas diretamente em alemão. Ainda assim ela obteve mais êxito do que André, que diante de seus interlocutores italianos não chegava a causar irritação, mas muitas vezes despertava estados de agitação que levavam o volume do intercâmbio verbal a alturas dolorosas.

De uma certa distância, Vanessa observava André gesticulando de forma selvagem e – como ele insistia – à maneira italiana. Ela ainda não havia se acostumado completamente com a sua presença. De noite, ela sonhava às vezes com Johnny Depp e com outros homens com quem havia compartilhado a cama em suas vidas passadas. André estava ciente desta competição, mesmo que imaginária, e evitou a comparação direta ao sugerir maneiras cada vez mais extravagantes de passar a noite. A primeira noite de férias juntos havia sido passada sobre o banco de trás do carro, mais acordados do que dormindo. Na segunda noite, deitados sobre colchonetes de acampamento em um dos incontáveis becos sem saída de Veneza. Já cedo pela manhã foram acordados pela buzina da barca de lixo cortando o canal e, depois disso, foi difícil para eles conseguir fechar os olhos entre vizinhos bravejando e turistas perdidos. Mas talvez a história de Johnny Depp tenha sido apenas um pretexto para os extravagantes dormitórios sugeridos por André. O mais provável é que – como Vanessa nunca se cansou de acusá-lo – ele era sovina demais para gastar seu dinheiro com coisas tão profanas como um quarto de hotel. Ele preferia levar Vanessa a um restaurante gourmet no Grand Canal, comprar duas garrafas de vinho tinto super-inflacionadas e sentar-se com ela em uma das muitas escadarias no centro da cidade. Vanessa certamente era capaz de reconhecer as intenções românticas de André na sua preferência por passar a noite em escadarias, mas pouco a pouco ela foi sendo invadida pela sensação de um vazio arrasador.

Se hoje alguém perguntasse a André ou a Vanessa como a aventura precipitada de Veneza terminou, seria possível – mais uma vez – ouvir duas versões diferentes. André afirmaria que a cidade perdeu seu encanto após dois ou três dias, que por um acordo tácito eles levantaram acampamento e voltaram à terra firme. Obviamente teria sido possível passar mais alguns dias em outras cidades ou ter ido para o Lago Como para se juntar ao grupo de amigos – como planejado originalmente. Mas a viagem de retorno da ilha artificial tinha, segundo ele, desenvolvido uma dinâmica peculiar. A viagem de retorno tinha prosseguido e se acelerado, tornando-se um movimento abrangente e, sem perceber, eles já tinham deixado pra trás o túnel de Brenner, a Áustria e a placa de boas-vindas da Baviera, e só então Vanessa tinha perguntado a ele se eles não poderiam ficar na Itália por mais alguns dias.

Vanessa, por sua vez, não contaria nada sobre o Brenner, ou sobre o fato de que mesmo uma cidade como Veneza poderia perder seu encanto após alguns dias. Todos que a conhecem sabem que esse não é o seu modo de pensar. Ela diria, ao invés disso, que André não havia permitido que a cidade desenvolvesse seu encanto de forma alguma. Segundo ela, ele tinha andado desinteressado e até mesmo irritado com ela pelos becos venezianos, da mesma forma que alguém arrasta uma criança aos berros através de uma quermesse. Vanessa disse estar à procura de lembrancinhas, mas André tinha evitado que ela parasse em cada uma das barraquinhas de lembranças: elas eram muito caras, isso também tem na Alemanha e em muito melhor qualidade, dizia ele. Os italianos, continuava ele a palestrar sem ser solicitado, não eram capazes de fazer tudo, embora eles sempre finjam que são. Ele já havia notado isso há muito tempo em Bruno, o homem da sorveteria. Aquela coisa verde clara que Bruno alegava ser sorvete de maracujá e que ele servia em casquinhas vencidas, nunca teve gosto de maracujá, mas sim de refrigerante de aspérula fermentado.

Vanessa deixaria as opiniões de André sem comentários, e ninguém, nem mesmo o cronista mais parcial, gostaria de questionar a decisão dela de deixar André logo após o fiasco que foi a viagem à Itália. Este final sem um início fidedigno – de todos os problemas de natureza hermenêutica que a relação de André e Vanessa levanta – permanece até hoje incontestável.

um roque duplo

Rother pensava não ter percebido o momento exato, no qual as padarias começaram a oferecer salsichas bockwurst a seus clientes. De uma vasilha em cima da máquina de café, a vendedora pinçou para o homem à sua frente um par de salsichas que ainda pingavam. Já não havia lugares suficientes onde fornecer salsichas nesta terra de carniceiros e açougueiros? Eram dez e meia da manhã. Rother exigia – como ele relataria mais tarde – um café de acordo com o horário, o segundo nesta manhã, e se pôs junto da mesa de plástico à vitrine da loja. Tentava agora reconstruir os movimentos da noite anterior.

No início, ainda eram quatro: Steve, Hannah, uma amiga de Hannah, e ele, Rother. Tinham saído juntos, assim como nos velhos tempos, quando a vida social ainda acontecia exclusivamente em turmas. O verdadeiro pretexto para sair, a festa de aniversário de um conhecido distante, era, assim como antes, insignificante, desde que ficassem juntos e formassem um muro, mesmo que em termos puramente físicos, intransponível, um contra-castelos, ombro a ombro no balcão do bar, protegendo seus flancos. O absurdo da constelação de ontem, pensava Rother, era que eles não tinham se constituído anteriormente como turma. Que neste grupo eles podiam até mesmo olhar para o passado, mas que juntos passaram apenas uma ou duas noites. E que, se sua memória não o enganava, estas noites não se distinguiam nem por uma cordialidade especial entre eles, nem por qualquer coisa mais que transcendesse o estar juntos entre si. Estranhamente, Rother notava estas coisas apenas agora, quando, mesmo levando a caneca de café ainda quente cuidadosamente até os lábios, queimava do mesmo jeito o céu de sua boca. Ai.

Na sala dos fundos do bar de ontem ainda se tocava manualmente. Um mata-discos arranhava música ambiente através de uma haste – canções rebola-quadris e tapinhas-nas-coxas do final dos anos 70 e início dos anos 80 – para então, com um punhado de discos de rock retrô contemporâneo, dar o ar da graça ao público sempre orientado pelas tendências. Às doze horas em ponto, os convidados se dependuravam no pescoço do aniversariante efusivos, ao som das batidas de fanfarra do sintetizador. Então surgiam alguns presentes intercambiáveis: animaizinhos de chaveiro de pelúcia do posto de gasolina, colagens autocolantes com fotos pouco vantajosas, exemplares em falta e remessas de outras lembranças de aniversário, assim como o bolo de aniversário obrigatório, amorosamente estragado por uma ex- ou quase-namorada. Em troca, uma taça de champanhe paga pelo aniversariante.

Rother se via agora de pé, a gola do casaco levantada e um pouco perdido, no café da padaria, numa rua lateral generosamente localizada em um bairro desconhecido que ainda vivia do mito de seus primeiros anos. Enquanto isso, porém, a pátina do evidente se assentava sobre as fachadas outrora pintadas em tons pastéis. Lá fora, carrinhos de bebê eram empurrados de lá pra cá, caixas de bebidas eram empilhadas umas sobre as outras. Rother lembrou-se do rosto amarrotado ao seu lado, reflexo de sua própria vulnerabilidade devido à falta de sono. Lábios ressecados e rachados, uma língua sarrenta. A embalagem de uma camisinha rasgada às pressas. Quantas frases em busca de justificativa quase saíam de sua boca esta manhã. Um enxerto entalado há muito tempo ameaçava desatar-se de repente com um forte estrondo. Mas o rosto ao seu lado parecia perdoar as piruetas da noite, ou pelo menos não querer elencá-las neste momento.

"Você pode usar a toalha da Hannah" e "aceita um café?" foram as primeiras frases corretas da manhã, saindo de uma noite curta demais. Rother ali de pé no banheiro azulejado de azul celeste. A toalha da Hannah cheirava a Hannah? Ou cheirava a sua amiga? Depois do banho, de qualquer forma, Rother cheirava como a amiga de Hannah. Uma nota acre e fresca. Combina, pensou ele. No entanto, nenhum cheiro que teria despertado algum desejo. Ele agradeceu pelo asilo noturno, comentou aleatoriamente alguns livros nas prateleiras dela e depois foi embora. Nenhum beijo à porta, nem mesmo um abraço simulando uma amizade íntima. O caráter não comprometido da despedida foi apenas o lado avesso da unicidade com que todos tinham visto Rother saindo com a amiga de Hannah na noite anterior. Embora não tivessem sido os primeiros a desaparecer, eles tinham indo embora quando ainda havia convidados suficientes para sustentar a especulação sobre os dois, mesmo durante um tempo depois da partida. Diferentes versões haviam sido lançadas na roda. O fato de que eles não precisavam fazer o mesmo caminho para casa foi apresentado como argumento central. E: ninguém acreditava que Rother era capaz de simplesmente acompanhar uma mulher. Segundo eles, Rother não era um acompanhante, Rother era um desses que permanecem até o final.

Com uma generosa segunda taça de champanhe, Steve havia explicado que o movimento em que a torre e o rei mudam de lugar de repente se chamava roque. Mas a condição era que ambas as peças não tivessem sido movidas durante o jogo anteriormente. Normalmente há uma fila protetora de peões na frente deles, para que a troca possa ser feita em um corredor que se abre atrás das outras peças, quase em segredo. O dilema no qual Rother e Steve se encontravam, e do qual provavelmente apenas Rother estava ciente, pois Steve tendia a ignorar as assimetrias nas constelações humanas, o verdadeiro dilema era uma sobreposição de interesses que dificilmente poderiam ser resolvidos a partir da perspectiva deles: ambos trocaram olhares com Hannah, e Hannah retribuiu os olhares dos dois com um sorriso. Ela estava no meio da pista de dança e ouvia os primeiros compassos de um novo som. Seu corpo se movia mesmo antes de adivinhar o intérprete e o estilo exato da música. Não existia dilema algum para ela. Acenou para os dois, arrastou Rother e Steve para a pista de dança com uma violência suave, quando eles se recusaram a responder a sua chamada, às vezes dançando ao redor das pernas de um, às vezes ao redor das do outro. Rother se espantou consigo mesmo e com o fato de que ele conseguia baixar dançando até os joelhos. Isto não era de forma alguma um fim em si mesmo ou deveria ser um tributo tardio à estética, que combinava com a música nos clipes de hip-hop. Dançando juntos nesta posição, as pernas se entrelaçavam por um breve momento formando duas tenazes. O maior contato físico possível se estabelecia, fazendo assim saltar uma fagulha elétrica entre os dois. Somado a isso, Steve, um dançarino ambicioso, mas não particularmente habilidoso, não conseguia acompanhar os dois nestas posições baixas, e logo ficou dançando mais atrás até ser levado pelos outros para o ringue que deveria se formar ao redor de Hannah e Rother.

Quando a festa foi chegando ao final, os últimos restos cansados dos foliões se reuniam em torno de uma grande mesa. Neste momento, a ordem dos assentos já não é mais levada a sério. Ainda há pouco, as pessoas estavam caindo umas sobre as outras em dois, três, em combinações variáveis, nos cantos escuros do clube. Agora, a luz morna das velas acariciava os traços daqueles desregramentos. Um colarinho de camisa torto, batom borrado, sombra de olho manchada. Foi realmente um beijo de língua que Hannah quase deu em Rother no ponto cego da cabine do DJ? Rother se inebriava em lembranças enganosamente fragmentadas. Teria ele imaginado tudo isso? O balanço dos quadris. The Strokes. O arder dos holofotes vermelhos. Ela. Um giro a mais. Eles se entregando aos braços um do outro, legitimados pelo rigoroso conjunto de regras da dança, códigos que negociavam o problema da proximidade e distância em uma esfera supra-individual, longe das zonas de insegurança, de outra forma, sempre capciosas. O sentido corporal em relação à outra pessoa se sintonizava por si só.

Mesmo antes do beijo naquela noite, que agora parecia cada vez mais improvável para ele, antes que Rother não fosse mais capaz de controlar os acontecimentos, ele e Hannah haviam abandonado juntos o bar por um breve instante. Hannah havia sugerido que eles comessem uma besteira na lanchonete ao lado. "Na nossa idade", disse Hannah, "não há mais nada a fazer além de ter filhos ou criar cachorros". Crianças, disse Rother, ele ainda poderia imaginar sob certas circunstâncias, mas cachorros, de jeito nenhum. Ele tinha tanto medo de cachorros, disse Rother, levantando num reflexo os braços à frente do corpo como se tivesse que se defender de um cão que estava prestes a saltar latindo sobre ele. Hannah riu. Seus olhos se estreitaram em duas foices escuras. Desde que trabalhava na galeria de arte, vestia blusas de cor creme sobre as quais metia uma jaqueta parecida a um uniforme. O look de aeromoça, Rother comentou, na primeira vez que ele a viu nestas roupas. Só faltava o quepe.

Rother dividia as mulheres que o interessavam – mesmo nunca admitindo isso – em duas categorias: as mulheres com quem ele poderia imaginar ir para a cama, e as outras com quem justamente o ir-para-cama era algo inimaginável. Hannah, no entanto, não pertencia a nenhuma das duas categorias. Ela não era uma daquelas fadas sem graça com olhos de corça, como Steve, com deboche, descreveu certa vez o gosto de Rother por mulheres. Não era uma daquelas mulheres que se autodenominavam meninas mesmo no final de seus 20 anos, sempre perfeitamente maquiadas e cujos cabelos se erigiam como uma torre em penteados feitos com grampos, rivalizando com os de Amy Winehouse.

Quando Rother conheceu Hannah, ela envolvia seu corpo em blusas existencialistas de gola alta e calças de pano apertadas. Na época trabalhava de ajudante na butique de uma amiga. Um romance de um escritor de crime ucraniano badalado, aberto ao lado da caixa registradora, incutiu imediatamente respeito em Rother. Além de todas as outras coisas, era o gosto de Hannah, não apenas para livros, que ele mais admirava.

Ontem à noite, Rother sentiu pela primeira vez que ele e Hannah estavam mais conectados do que aquela porção média de batatas fritas, derramadas sob uma avalanche de ketchup e maionese, fumegando ali entre eles. Mesmo que ele não conseguisse descrever o que estava procurando nela naquele instante, ele sabia que havia algo ali. Concentrado, ele observava Hannah puxar as fatias de batata frita para fora do ketchup com pinças formadas pelo polegar e o indicador sem sujar os dedos. Até mesmo comer em lanchonetes parecia ser algo elegante com ela.

"Não está com fome?" perguntou Hannah, visivelmente desconfortável com o olhar fixo de Rother.

"Não", disse Rother, "valeu".

"Mas não consigo comer tudo sozinha", disse Hannah.

“Coma, eu dou um jeito no que restar depois”, disse Rother, pinçando um cigarro do bolso de sua jaqueta e pendurando-o nos lábios, embora sem acendê-lo. Hannah notou que Rother não segurava o cigarro entre o indicador e o médio como a maioria das pessoas, mas que ele se encontrava mais para baixo, entre o médio e o anelar.

Quando é que ele começou a se interessar por Hannah? Para a Rother, todo tipo de início jazia no escuro. Quando ele pensava nas semanas anteriores, em suas tentativas fúteis de dissolver qualquer sentimento no álcool, a imagem de Hannah lampejava de novo e de novo debilmente: ela ligava pra ele, perguntava como estava, sugeria sair com seus amigos. Rother, entretanto, não era capaz de estabelecer uma cronologia de eventos. Talvez isto se dava pois simplesmente não havia uma ordenação temporal no encontro entre eles. Que tudo aconteceu ao mesmo tempo. Que já de início haviam acontecido coisas que os outros teriam interpretado como uma familiaridade, que, na verdade, não poderia ter existido. Mas um momento era seguro: eles estavam sentados agora um em frente ao outro. Agora, somente meio metro os separava. E Rother sentiu vontade de se debruçar sobre a mesa para beijar este momento presente. O vermelho de seus lábios tinha uma pontada de violeta opaco-brilhante. Uma sombra de pálpebras azul-celeste brilhava sobre seus olhos. Ela nunca costumava usar maquiagem. Isso significava que ela teria se maquiado para ele, presumiu Rother. Ela quer me agradar hoje, pensou ele. Ela não vai se opor a um beijo. Hannah deve ter adivinhado os pensamentos de Rother. Ela puxou a cabeça para trás e abriu o cardápio na sua frente. "O que você quer beber? Dividimos uma cerveja?" perguntou Hannah.

Caso houvesse um roque duplo, certamente ele não estava registrado nos anais do xadrez – um jogo, no qual você tem que esperar primeiro a jogada do adversário em vez de agir paralelamente, pensou Rother, sentado agora de repente no bonde, que se dirigia, apenas um pouco mais rápido do que os pedestres, para áreas mais amigáveis no oeste da cidade. Rother tinha perdido o momento na noite passada, no qual Hannah e Steve devem ter feito um pacto secreto. Olhares, toques, um sopro de até mais tarde. Steve, o cara vivido e ainda-sempre-atraente. Steve, que era muito diferente dele porque aceitava as coisas como elas surgiam à sua frente, porque não era daqueles que pensava demais nem antes, nem depois. Quando Rother voltou a se juntar aos outros, depois de uma visita ao banheiro, todos haviam trocado de lugar. Hannah e Steve estavam absortos em uma conversa que parecia não admitir terceiros. A amiga de Hannah estava agora sentada na cadeira da Rother. Inseguros, os olhos dele procuravam o único lugar livre à mesa. E era ao lado da amiga de Hannah. O roque duplo foi então executado. Um braço que a princípio lhe parecia estranho e quase um pouco embaraçoso se enrolou em torno de sua cintura. Depois de uma vodca dupla com gelo, também ele a puxou para mais perto de si.

Jogo é jogo, pensou Rother, desdenhando o resto frio do café em sua caneca. Há regras e um posicionamento de partida. Mas daí em diante tudo é possível. Podemos ter sorte ou azar, ou duas vezes sorte. Apostamos em certas posições. E isso pode significar nossa queda. Mas também a constelação que nos conduz até a próxima rodada, até o próximo jogo. Rother pensava que o roque duplo era mesmo uma jogada de mestre. Mesmo não tendo sido ele a executá-lo. Pelo contrário, ele era aqui o perdedor, e cabia a ele agora decidir se seria um perdedor risonho ou um mal perdedor. Sua boca ardia, o beijo de Hannah dado na noite anterior tinha se gravado em sua memória tátil. Tinha sido um beijo que começou suave, depois se tornou mais intenso. Uma breve demonstração de amor que não poderia ter sido mais apaixonada. E, no entanto, desde o início, este beijo estava inscrito na fugacidade. Foi uma jogada tática, nada mais, Rother sabia disso, mesmo que naquele momento se concentrasse justamente em se esquecer.

Quando, por volta do meio-dia, Rother se encontrava novamente de pé em seu apartamento, seu telefone celular mostrava o recebimento de duas mensagens. "Eu não tenho nada com Hannah", Steve lhe assegurava em um P.S. que falava apenas do tempo presente, mas excluía completamente os eventos da noite anterior. O segundo remetente havia omitido seu número, "Nos vemos ainda antes do fim de semana?" brilhava sobre o display de Rother. Rother não respondeu à segunda mensagem. Ele temia que pudesse se tratar de uma mensagem de outro remetente enviada por engano. Então voltou a sair de casa. O canal ainda não estava completamente congelado, alguns patos e um cisne se espremiam sobre o último grande espaço livre do gelo. Rother ponderou que uma revanche estava fora de questão. Se ele perguntasse a Hannah sobre a noite passada, ela riria e brincando empurraria a insistente cabeça dele para trás. Nada teria mudado entre eles.

macedônia

"Nunca mais se intrometa nas minhas histórias de amor", foi a primeira coisa que ela me disse antes de eu abrir a porta completamente. De pé na minha frente está Verônica. Muito mais bonita do que eu me lembrava. Não podia acreditar nos meus olhos. Ela estava simplesmente deslumbrante.

"Você não está na, na... Eu pensei que você tinha voado para..." perguntei a ela.

"Voei sim", ela respondeu levemente azeda. "Mas agora estou de volta. Que você não tenha sentido a minha falta, nem preciso perguntar. Nem mesmo meus e-mails você se deu o trabalho de responder!"

"Tenho trabalhado muito ultimamente", repliquei. "Ei, mas que bom ter você de volta", soltei com algum esforço. "O que está pensando em fazer?"

Essa foi claramente a pergunta errada. Verônica olhou para mim acusatória, depois constatou: "Você continua o mesmo! Não aprendeu nada! Nada de nada"! O que estou fazendo aqui?, ela disse. Será que ela sempre precisaria de uma justificativa pra tudo? Será que eu não percebia que estava fazendo as mesmas perguntas estúpidas que a polícia federal!

Agora, para evitar mais estragos, era hora de dirigir algumas palavras ternas a ela e algumas amargas contra a política de fronteiras alemã.

"Verônica, por favor. Você nem acabou de chegar e já está reclamando de novo. E além disso, o que são fronteiras senão ilusões? Que pessoa inteligente acredita hoje em dia em fronteiras? Chá ou café?"

"Você sabe que eu só tomo café. E não americano. Com leite quente e açúcar." Em Buenos Aires, você ganharia um copo de água e suco de laranja, mas na Alemanha isso provavelmente é pedir demais, disse ela enquanto eu me metia na minha jaqueta.

"Leite, leite... Sim, só vou rapidinho ao supermercado da esquina..." Com isso ganho algum tempo para me acalmar um pouco.

Quando voltei, Verônica já tinha se acomodado na minha sala, tirado os sapatos e descansava os pés sobre o sofá. Ela irradiava: "Está quentinho aqui! E aconchegante" e apontou pro assento me convidando para o espaço livre ao seu lado.

"Obrigado", eu disse, "já vou", e desapareci na cozinha para fazer um expresso. Não faça nada de errado agora! Não apenas mulheres como Verônica, mas também essas canequinhas estúpidas tinham conspirado contra mim. Há duas semanas, a minha fantasia estava solta novamente. Eu tinha conhecido uma mulher no arquivo e a convidei para um café. Sob o pretexto de que eu poderia lhe emprestar o livro que ela estava procurando desesperadamente e não conseguia encontrar no arquivo porque eu o havia levado pra casa. Ela veio, levou o livro, mas não teve tempo de ficar para tomar café. Quando eu fechei a porta atrás dela, ouvi um baque na cozinha. O cabo da caneca de expresso tinha caído. Tinha esquecido de colocar água dentro dela. A caneca estava quebrada, o livro e a mulher haviam partido. A mulher e o livro desapareceram porque eu não tinha um número de telefone. Para mim, isto foi um presságio. De que eu não teria sucesso com mulheres no futuro próximo.

Mesmo assim eu comprei minha terceira cafeteira. A primeira Verônica havia arruinado em março, esquecendo-a enquanto estava sentada no computador com seus fones de ouvido, até que a caneca começou a incandescer e selou meu fogão a gás com plástico derretido.

Mas Verônica – ao contrário da mulher do arquivo – tinha reaparecido. E mais cedo do que eu pensava. No final de junho, eu havia entregue a ela o pagamento dos honorários por um artigo que havíamos escrito juntos. Uma reportagem de viagem para um jornal italiano. Dicas para os jovens romanos sobre lugares legais para curtir. Desde o início Verônica não quis aceitar nenhuma das minhas sugestões. "Como você quer saber o que está na moda se você nunca sai de casa?" ela disse.

"Por isso mesmo", eu disse.

Mas ela não tolerou nenhuma contradição. Eu deveria falar com as pessoas na rua e convencê-las de que nos deixassem fotografá-las nos clubes preferidos de Verônica. Verônica queria ver um olhar sem expressão e uma pose de dança insinuada. E as pessoas deveriam ser modernas. "Gosto de pessoas modernas que gostam de consumir", repetia Verônica cada vez que outra pessoa posava diante de sua objetiva.

"Eles são tão falsos", eu disse enquanto olhávamos as fotos no display da câmera digital dela. "Vamos fotografar algo autêntico", eu disse, arrastando-a inconformada para um porão punk. Após apenas três minutos, fomos expulsos dali. Verônica havia perguntado a um dos Rastas se ela poderia tirar uma foto dele no vaso sanitário. Ela achava excitante homens que mijavam sentados, ela disse, bajulando-o. Quando ele então se aproximou para, como sinal de agradecimento, escorregar nos braços abertos dela, torceu de repente o nariz e disse apenas: "Porra!" Verônica admitiu ter colocado "Miracle" demais, mas não esperava comentários tão brutos. Até mesmo as crianças de rua no Rio não andavam tão sujas quanto ele, ela revidou. Mijar sentado era, segundo ela, uma completa farsa se ele nem mesmo conseguia se lavar regularmente. Fedor corporal também incomodava, afinal de contas. Ela considerava o seu cheiro penetrante de javali algo explicitamente sexista.

Verônica não parou de xingar até mesmo quando já haviam nos içado pra fora. Estávamos na garoa e nem mesmo as nossas cervejas nos devolveram. E Verônica havia acabado de pisar de forma certeira numa montanha de cocô de cachorro.

"Agora basta!" gritou ela. "A cena alternativa está morta para mim de uma vez por todas. Este buraco não vai entrar no nosso artigo! Eu quero mostrar aos meus leitores algo com estilo".

Para deixar a noite terminar pelo menos um pouco mais conciliadora, sugeri a Verônica irmos juntos ao Bergstübel.

O bar estava lotado. O ar quase insuportável. A música tão alta que mal conseguíamos nos entender e, ao falarmos de perto, dividíamos o mau hálito. Verônica parecia completamente satisfeita. Ao redor da mesa no fundo da sala se espremia sua nova turminha. Todos artistas e pessoas da TV. "De seus amigos", ela me disse após me apresentar ao seu grupo, "nenhum deles jamais me inspirou. Mas estes aqui..." Ela sorriu para a roda de pessoas e o sorriso dela foi retribuído. Hannes, um pintor de bochechas vermelhas e adepto da *action paiting*, era obviamente o seu novo caso amoroso. Ele tinha cabelos loiros ralos e vestia uma camiseta preta bem apertada e estampada com as palavras "Próxima parada: Kirchmöser[1]". Ele me estendeu sua mão úmida e a apertou com um pouco mais de força. "Já ouvi muito falar de você", ele me disse.

"Nada bom, receio".

"Oh, claro que sim!" disse ele sorrindo. "Ela me contou tudo..."

"O quê?" eu perguntei, e o sorriso dele aumentou.

"Que você esteve correndo atrás dela." Mas, não se preocupe, ele disse, ele não era ciumento, e afinal eu não a teria conquistado.

Atrevido, eu pensei, descarado, intransigente. Não importa o que eu dissesse agora, isso me faria parecer ridículo aos seus olhos. Hannes, altaneiro, colocou um braço em volta do meu ombro, então apontou para Verônica, que tinha começado a dançar sozinha no meio do restaurante. O DJ lançou luz sobre ela. Na luz ofuscante, sua blusa ficou quase completamente transparente. Ela não usava sutiã. Como sempre. Os homens à sua volta começaram a encará-la. Verônica fechou os olhos e dançou cada vez mais

---

[1]Em alemão, nome de uma cidadezinha no Estado de Brandenburgo que soa como um jogo de palavras entre Kirch (igreja) e Möse (vagina), formando a frase "Próxima parada: vaginas de igreja".

extasiada. "Uma mulher fantástica", disse Hannes. "Se move como se fosse o pulso da música". Eu concordei com ele reflexivamente e me irritei por ter vindo.

Agora a Verônica estava sentada no meu sofá, bebericando seu café. Então, ela fez um biquinho de desdém. "Vocês alemães continuam a não saber fazer café".

"O que você está pensando em fazer agora?", perguntei-lhe novamente.

"Oh, sempre tenho que revelar tudo imediatamente? Da última vez eu tinha planejado ir para a Moldávia. Não deu em nada. Eu devo ter ficado cega para ter me perdido assim por você daquela vez. E justo por alguém como você, que nada tem de moldávio. Você sabe o que eu percebi em Buenos Aires?

"Não. O quê?"

Ela fez uma pausa dramática.

"Se você for qualquer coisa que possa ser claramente definida, então não passa de um macedônio".

"Como assim?"

"É muito simples: a vida passa ao largo dos macedônios... Em todos estes meses, dançamos juntos pelo menos por uma noite? E tudo que você não me prometeu e nunca cumpriu! Então suas embaraçosas tentativas de suprimir seus desejos sexuais... Eu notava perfeitamente como você me secava, toda vez, encarando meus peitos. Mas em algum momento o trem partiu, meu querido! Acabou, já era, há muito tempo que você já não me dá mais tesão!"

Macedônia, eu – ela, sem tesão. Eu engoli seco. Verônica tinha se assentado no meu sofá e estava dando tudo de si. "Você e o amor são como o Dr. Freud e as mulheres. Antes mesmo que perceba o que está acontecendo, já está tendo um problema há muito tempo com isso", ela zombou.

"Quer mais café?" Eu tentei salvar a situação.

Que eu não tinha chegado a este ponto antes, era para ela algo típico novamente, ela bufou, e eu desapareci mais uma vez na cozinha. Com qual dinheiro é que ela veio parar aqui afinal? Como se Verônica tivesse lido meus pensamentos, ela entoou da sala: "Nesse meio tempo, entrei para o tráfico. Um negócio mais lucrativo do que escrever e é absolutamente seguro. Ninguém pensaria que eu, uma lady com estilo, estaria traficando drogas. Pois é: trips, haxixe e erva". No Bergstübel, disse, ela se tornou a traficante oficial da casa. Seus clientes usam palavras codificadas, vêm até ela e dizem: "Neoliberalismo", "Privatização", "Tobin-Tax" ou "O Império". A propósito, disse ela, erva se chama de 'bolha especulativa' – caso eu precise de alguma coisa. Ela sabia que eu não me atreveria a tomar coisas mais pesadas.

Com isso ficou tudo claro. Aparentemente, Verônica estava planejando transformar meu apartamento altamente insuspeito em sua sede logística. "Você tem acesso à Internet?", pergunta ela casualmente. E quando eu liguei meu laptop, num piscar de olhos ela se entricheirou na sala de bate-papo. Não havia como impedi-la. "Estou viciada em chats", confessou ela sem ser perguntada.

"Me explique de novo essa coisa com a Macedônia", disse eu emburrado.

"Não há muito o que explicar. É simplesmente assim".

Eu deveria me olhar no espelho, disse Verônica, assim eu também perceberia. E enquanto eu passava dias no banheiro em frente ao espelho tentando descobrir o que havia de macedônio em mim, Verônica foi aos poucos tomando o apartamento. Num certo dia, fui embora de manhã enquanto Verônica ainda dormia. Como raramente vou aos Bergstübel, acho que nossos caminhos não se cruzarão tão cedo.

Meses depois, descobri com amigos em comum que Verônica havia se apaixonado por um nadador esloveno de quase dois metros de altura, que ela havia conhecido em um barco na manhã depois da Loveparade. Verônica vai em breve atravessar *el gran charco* novamente, asseguraram os amigos. O nadador vive em Dayton, Ohio, porque a Eslovênia perdeu o seu acesso ao mar para a Itália nas negociações de adesão à União Europeia.

Então Verônica tinha ido embora novamente. Somente seu ex-namorado Hannes foi quem eu vi outro dia no calçadão. Parecia que não sabia onde estava. Já não usava sapatos e urinava contra a vitrine de uma loja em plena luz do dia. Por um breve momento tive certeza de que ele havia desfrutado demais de "Império".

kafka e eu

Nota do autor: os moldávios mencionados na história não devem ser confundidos com os íntegros cidadãos da Moldávia.

Quando André ainda vivia na cidade, me ligava com frequência. Geralmente tarde da noite: não cumprimentava, começava a narrar sem rodeios. Embora nos conhecêssemos há muito tempo, às vezes era difícil notar de imediato aonde ele queria chegar. Às vezes ele dizia que o amor existe. Às vezes defendia o contrário. Às vezes o amor existia, mas não havia prova de sua existência. Ou a prova era falsa ou falsificada, mas o resultado estava certo. Outras vezes, o que ele contava era apenas parte de uma história mais longa, que só se concluía depois de vários telefonemas.

Eu admito que nem sempre segui as suas explicações com atenção. É muito provável que ele também não esperasse por isso. Enquanto eu fizesse ruídos confirmando minha presença no outro lado da linha, ele continuaria satisfeito. "Você me entende", ele dizia. Eu ficava calado por um instante e podia ouvir como ele dava um trago no seu cigarro, enquanto mascava baixinho algo entre os lábios.

Pelo menos, sobre o tema de nossas conversas chegávamos logo em um acordo: falávamos de poemas e de mulheres. Às vezes os tópicos se sobrepunham, de modo que sobrava apenas um, e então falávamos de Kafka.

Mas Kafka não era um tema que nascia da necessidade, nem era um tema que nos embaraçava. Kafka era um assunto que estimávamos. Talvez mais para André do que para mim, pois sempre desconfiei um pouco de Kafka, tanto dele como dos seus leitores, que tiram tudo o que é possível da leitura de seus livros. André era um desses leitores. No entanto, Kafka era perfeitamente adequado para ilustrar nossas opiniões, às vezes muito divergentes, sobre o amor e a poesia. Enquanto eu me limitava a comentar as metamorfoses e processos de Kafka de uma forma monótona e desconfiada, André divagava, no encalço de rastros de histórias ambíguas e completamente escorregadiças. Perdia-se em especulações conspirativas sobre a sina de personagens específicos. Acreditava tê-los encontrado fora dos livros ("o agrimensor, ontem, no zoológico, na lagoa dos patos, ele mirou algo pelo nível topográfico e chapinhou na água, ele calçava sapatos brancos, sapatos brancos!"). Tudo isto só para chamar de novo a atenção para Kafka e a sua própria biografia. Era assim que ele descobria semelhanças e inventava outras sem pudor. Até que começou a tossir sobre a pia, curvando-se dolorosamente ou a escrever cartas acusatórias para seu pai, um professor de alemão atualmente aposentado, que após a quinta carta finalmente lhe respondeu indignado, rejeitando todas as acusações categoricamente, e indicando ao filho que ele, o pai, poderia, se não eliminar a condição paterna, então pelo menos reduzi-la ao mínimo para que o rapaz voltasse à razão. E se nada ajudasse, então talvez um par de safanões! Maldição!

André se deliciava: "A mesma relação traumática com o pai. A mesma mãe ausente". Levou apenas alguns dias até que ele se deparasse com a figura do condicionalismo mútuo, embora durante muito tempo não estivesse claro se ela vinha de Kafka ou Kafka tinha vindo dele mesmo ("*Kafka, c'est moi*"). Então ele começou a insinuar que Kafka e ele tinham precursores em comum, a falar de desenvolvimentos paralelos, de uma linha secundária que, devido a um buraco de tempo comparável aos buracos de ar durante os voos, só poderia se desdobrar com um atraso de setenta anos. Quando então eu apelei à moderação, pois nas suas fugas elucidativas do mundo ele havia estendido um arco de Kafka a Marx, Nietzsche, Freud, Charlie Chaplin e Robert Allen Zimmerman, também chamado de Bob Dylan, então ele apenas soltou: "Você não sabe de nada". E com isso me atingiu. Eu não conhecia muitas das pessoas que ele incansavelmente comparava entre si. Ele sabia disso. E menos ainda sabia sobre a relação deles com Kafka. Mas eu tinha lido Kafka, tinha devorado sua trilogia de romances *O Processo*, *América* e *O Castelo* em um fim de semana, mas nem por isso tinha entrado na onda do autor. "Ao contrário de você", disse eu, "ainda consigo separar uma coisa da outra."

"Isso é o que você pensa", repreendeu André. "Na realidade, você é louco por ele. Por que outra razão você me ouviria assim por tanto tempo?" Não importava o que eu respondesse agora, André havia me alertado, era claro que somente há espaço para um gênio ao lado de Kafka, e este espaço seria – bem, eu já sabia – segundo ele, que ele não era ninguém com necessidade de elogiar a si mesmo, mas que uma autoconfiança sadia e os fatos falavam por si.

"Kafka", contou André uma noite ao telefone, "Kafka viveu no bairro berlinense de Steglitz, não por muito tempo, mas o suficiente para deixar a sua marca no lugar". Mesmo que hoje isso só seja visível num único local, num prédio dos fundos na Grunewaldstraße, admitiu André.

"Ontem fui vê-lo", continuou ele. "No apartamento de Kafka, vivem agora dois moldávios conscientes da história, em 25 metros quadrados com três gatos e uma foto de Kafka no banheiro. Um deles fuma como uma chaminé, o outro chama-se Dimitri."

"Baboseira", eu disse. "Você não sabia que o seu Franz pegou tuberculose, quando ele se aninhava em Steglitz?"

"Besteira", disse André. "Ali ele escreveu as suas melhores histórias, ainda é possível sentir isso no apartamento. Um arrepio correu pelo meu corpo quando eu pisei naqueles assoalhos."

André sentia muitas coisas, e geralmente antes de qualquer outra pessoa. Era uma pessoa intuitiva e sensível. Mas apesar das suas premonições e intuições geniais, ele não conseguia pensar em como se livrar dos dois moldávios. Ele queria de todo jeito se mudar para Steglitz: "Se eu morar lá", estava convencido, "então nada mais nos separará, Kafka e eu". Com orgulho ele começou a esticar e a alongar os dedos entrelaçados acima da cabeça até que estalassem e rangessem e com isso eu começasse a me indispor.

André passou a ir a Steglitz todos os dias. Pelo menos era o que ele me dizia quando me ligava à noite de cabines telefônicas, das quais havia cada vez menos, e até as quais ele tinha que percorrer distâncias cada vez maiores. E quando ele finalmente achava uma, era quase sempre tarde, e eu já estava dormindo assim que o telefone tocava. Então eu respondia muito pouco, ou simplesmente algo borbulhava de dentro de mim. Coisas que eu tinha acabado de sonhar, coisas que escorregaram da minha língua sem pensar. André as recebia com entusiasmo: "Isto é material, cara", delirava ele, "Inspiração – o método surrealista: *écriture automatique*". Tudo o que ele precisava fazer era anotar as minhas frases e misturá-las com os vestígios de Kafka. Segundo ele, teria encontrado muitos deles em Steglitz, um lugar onde uma torre em eterna construção se levantava sobre o subúrbio cinza como o ameaçador dedo indicador de Deus.

Já fazia algum tempo que os dois moldávios já não se surpreendiam com André, que passava tardes inteiras vagando pelo pátio do prédio onde moravam. Às vezes o convidavam para uma cerveja depois do trabalho. André costumava recusar agradecido, mencionando o seu estado de saúde fingidamente debilitado. Ele não queria fazer amizade com eles, pois considerava os moldávios inquilinos ilegítimos, usurpadores que haviam tomado o lugar que, devido ao seu parentesco espiritual com o grande escritor, pertencia na verdade a ele. Dimitri, assim parecia, tinha um sexto sentido para a disposição hostil de André. Ele o observava, de uma distância adequada da varanda, com suspeita, enquanto seu colega, por outro lado, continuava a tragar seus cigarros, passeava pelo pátio, às vezes, acenava amigavelmente a André, passava a mão pelo implante ralo de cabelos e não demonstrava qualquer surpresa com o invasor persistente, olhando fixamente pro chão, "a procura de vestígios", como ele, a pedido dos dois, os informara, para então passar a fazer lama da terra solta em uma cisterna de água da chuva, assim como fazem os garimpeiros, e a peneira-la com devoção. "Isso é a pura paixão", delirava André ao telefone. Desde que ele havia marcado sua reivindicação no pátio do prédio, sabia novamente o que esta sensação significava.

Quando os moldávios fechavam as cortinas às nove da noite, diminuíam as luzes e apenas uma música suave, em geral canções de Schubert, se ouvia fora do apartamento, André marcava com cinzas brancas o local no chão que ele planejava arar no dia seguinte. A grama do pátio se via coberta de montinhos de terra, assim como deixam as toupeiras, e de pequenas crateras, que juntos resultavam em um padrão em forma de um K uniformemente perfurado. À luz da lanterna, André parecia quase orgulhoso das consequências fatais da sua mina a céu aberto, feita sem concessão. O suor colava ao seu corpo, as suas mãos estavam completamente calejadas. Quando me reportou ao telefone sobre o seu progresso diário, ainda estava ofegante, mas feliz.

Após três semanas, André gritou no telefone, como se estivesse fora de si. Segundo ele, "o" havia encontrado.

"O quê?", perguntei com uma voz sonolenta. Eram duas da manhã.

"*The missing link*, o elo que faltava."

Tive de admitir que, mais uma vez, não entendia nada. André soltou um gemido, segundo ele, tudo isso já tinha sido explicado, ou pelo menos insinuado, sugerido, e aparentemente eu não ouvia nunca. Ele deu um trago profundo no seu cigarro e então baforou: segundo André, quando saiu da casa paterna pela primeira e única vez, Kafka havia cumprido a promessa feita a seu pai, um ano antes de sua morte, a saber, remover, na capital alemã, um cisto de seu saco escrotal, cujas ferroadas o incomodavam intensamente. Não que os médicos de Berlin fossem melhores do que os de Praga, mas com um pouco de jeito a operação poderia ser feita de graça, argumentava o pai. Só seria preciso atravessar o emaranhado de formulários. Porém neste ponto Kafka, oficial de impostos engajado, já tinha comprovado suas habilidades suficientemente. A enfermeira, segundo André, disse Kafka, o havia envergonhado um pouco quando ele, Kafka, acordou da anestesia — certamente ela tinha se apaixonado por ele, o judeu franzino de Praga – entregando-lhe os sedimentos embrulhados como batatas em ligaduras de gaze. Numa cerimônia à meia-noite, na presença da sua amante berlinense Marie, Kafka teria então, de volta a Steglitz, envolvido o falso testículo num lenço com as suas iniciais e o enterrado debaixo da grama. E ele, André, o havia encontrado agora. Discreto, mas de enorme valor simbólico: o terceiro testículo de Kafka.

"Isso tudo foi você que inventou!", eu disse. Mas ele não me deixou terminar. "É tudo verdade. Nenhuma palavra inventada." O episódio do hospital aparece somente num trecho quase completamente rasurado do seu diário de Berlim, mas André o havia comparado com os ficheiros da Charité: ali uma Sra. Annegret Meyerlink, sua enfermeira assistente, constatou o tratamento bem-sucedido de um cidadão tcheco, que tinha preferido, concluiu André, figurar nos arquivos de investigação sob o pseudônimo de Rocko Blumfeld – com isso não restaria absolutamente qualquer dúvida. O doente inimaginável, segundo André, não era senão outro que o nosso Franz. O testículo que sobrara, segunda prova suficiente, seria capaz de explicar tudo: a imagem feminina para Kafka, a forma de lidar com a sexualidade, entre o tiro rápido e a orgia, entre a abstinência e o frenesi, as suas fantasias de superioridade e impotência em relação ao seu pai, a estranha ordem dada ao seu amigo Brod – "Queimem todos os meus espólios! (ele disse, segundo André, espólios, não escritos!) – até mesmo a doença fatal: no hospital ele teria sido infectado quando lhe administraram a infusão errada. "A trágica ironia na história de Kafka", disse André, "uma vez que a coisa foi retirada, ele podia finalmente amar, mas depois disso não lhe sobrava muito tempo de vida".

"E logo ali, onde o amor de fato reina", eu o interrompi.

"As suas piadas não têm graça", disse André, azedo.

"Porque tão sensível de repente?", perguntei. Afinal, eu tinha acabado de ouvir toda a sua história quase sem hesitar, ao passo que não tínhamos feito nenhum progresso na nossa própria discussão.

"O que você quer dizer? ", perguntou ele.

"Se o amor existe", o recordei.

"Claro que existe, mas primeiro você tem de deixar que te tirem algo", disse André.

"Liberdade?" – Eu não sabia onde ele queria chegar.

"Também", disse ele. "Mas ela a gente perde por conta própria." Depende, segundo ele, de mudanças corporais, a relação entre o corpo e a mente... efeitos de retroalimentação psicofísico que ativariam a disposição para a condição amorosa. "Com Kafka foi o cisto, contigo será outra coisa, mas não você não vai se safar, meu caro, não vai se safar."

"O que pretender fazer agora?" Perguntei a ele.

"Vou voltar para Steglitz. E: por enquanto não retornarei."

"O que você quer dizer com isso?", perguntei.

"Tal como eu disse", disse André. No final, segundo ele, foi tudo muito simples: ele havia oferecido aos dois moldávios o seu próprio apartamento como troca. Eles não quiseram no início, Dimitri suspeitava de algum rolo. Mas quando eles viram o apartamento ajeitado de André, ao contrário do buraco onde moravam, com bolor nos cantos do quarto e do banheiro atrás das toalhas molhadas. Não, eles não poderiam aceitar a oferta, Dimitri ia se fazendo de rogado. Segundo Dimitri, o apartamento deles se encontrava num estado insubstituível, ele tinha que entender, tinha que pedir desculpas, mas realmente não era possível. Mas sim, claro que André tentava convencê-lo, afirmando que estes não eram esporos de fungos, senão o hálito de Kafka, que ainda fluía de cada um dos poros da parede. Ele, André, cuidaria da reforma, tudo ficaria bem se eles empacotassem suas coisas logo. A propósito, saúde, disse André, tirando uma garrafa de vodca do bolso do seu casaco. Um meio litro orgulhoso. Dimitri balançou a cabeça desacreditado, por mim tudo bem, e, segundo André, com a garrafa de vodca nos lábios, entornou-a, fechando o acordo. O outro moldávio já havia começado a empacotar os seus pertences.

André estava pelo visto muito e completamente satisfeito com os últimos rumos que tudo havia tomado. Ao telefone, ele me contava delirante sobre o fato de finalmente ter conseguido restaurar a mobília original do apartamento, o que, segundo ele, lhe custou somas incalculáveis de dinheiro e lhe impôs correrias consideráveis através de toda a cidade. Sim, eu sabia, disse ele, que vendedores de quinquilharias logo passam alguém para trás, quando percebem que este procura por algo especial. Mas, agora tudo volta finalmente à forma como Kafka descreveu numa carta ao seu amigo Brod: uma cama estreita, uma escrivaninha miúda no canto do quarto, uma poltrona junto à parede, prateleiras, prateleiras sem livros

Depois disso, não ouvi mais nada de André durante muito tempo. Ele não telefonava. Nem mesmo fora do horário. Depois de algumas semanas, devo admitir, me pus um pouco inquieto. Me peguei várias vezes discando o número que eu tinha anotado em nosso último telefonema. No início só deixei tocar uma ou duas vezes, não queria admitir a André ou a mim mesmo que sentia sua falta. Nossa amizade era baseada no acordo tácito para mantê-la livre de todo sentimentalismo e nostalgia. Eu só queria atrair o André ao telefone, talvez assim ele mesmo tivesse a ideia de me ligar. Mas André recusou-se a dar qualquer sinal de vida. Deixei tocar por mais tempo. Nunca alguém atendeu a chamada.

Passado um tempo, considerei ir até Steglitz. Eu já tinha planejado um itinerário, me preparado para conversas com donos de lanchonetes e de bancas de jornal, motoristas de ônibus e garçonetes nos bares do entorno da rua Grunewaldstraße. Eu queria ter certeza absoluta. Avisei meus amigos e deixei uma carta com um advogado para o caso de me deparar com os restos de um crime cruel ou – o mais provável – de me tornar uma vítima dele. Eu levava comigo uma pá dobrável, uma lanterna, uma câmera fotográfica, um gravador, um colete impermeável, botinas de trilha, uma barraca de acampar e provisões. Eu estava preparado para o pior cenário possível: uma semana de acampamento e de escavações em todo o chão no pátio interior do prédio até uma profundidade de dois metros e meio já não parecia uma tarefa impossível. Talvez André estivesse soterrado depois de escavações recorrentes à procura de partes do corpo de outros escritores famosos. Ou os moldávios... Não tinha eu acabado de ler numa revista semanal ilustrada sobre casos de canibalismo no *milieu* de emigrantes moldávios? Certo dia, então, para minha surpresa, André voltou a me ligar. Ele soava mudado, de alguma forma mais calmo, não quero dizer mais equilibrado, mas algo assim.

"Por onde andou? Eu tentei te ligar", eu disse a André.

André não seria o André se não tivesse passado calado por cima da minha admissão indireta de que eu tinha sentido a sua falta, e depois, como se fosse a coisa mais normal do mundo, se limitasse a me contar com certo prazer detalhes e resultados preliminares da sua, como ele a chamou, viagem de pesquisa a Praga.

"Como assim, você esteve em Praga?" Perguntei interrompendo-o.

"Uma decisão espontânea", disse André. Mas ao contrário das decisões espontâneas de outras pessoas, havia uma lógica inerente nesta, disse André. Ele, André, teve a sensação de ter perturbado de certa forma o repouso tumular de Kafka. Ou, para dizer de forma positiva, ele sentiu que poderia prestar ainda um último serviço a Kafka. É por isso que ele apanhou o trem noturno para a capital tcheca e foi morar por um tempo nos subúrbios de Praga, num hotel desses monoblocos socialistas. Segundo ele, o café da manhã era servido às oito da manhã, dois potes de porcelana carinhosamente cheios de geleia vermelha e pãezinhos brancos, e havia um gongo que acordava a todos às sete. Mas a vantagem do hotel não consistia tanto no seu preço moderado, mas na sua localização: a duas estações de bonde do Novo Cemitério Judaico. E ali, logo na primeira tarde, ele colocou o kipá obrigatório sobre os seus cachos e visitou o túmulo de Kafka. Lá jaziam muitas pedrinhas empilhadas em forma de pirâmides nos quatro cantos do túmulo e algumas soltas, ou em formações misteriosas, que, segundo ele, continham certamente uma mensagem oculta – ele havia documentado e fotografado tudo e se debruçava naquele instante sobre a sua avaliação. E então, para sua própria surpresa, ocorreu de repente a André, que pouco conhecia o judaísmo, ou mesmo quaisquer assuntos religiosos, o Kadish. Foi assim, mentalizando a prece, que ele colocou a sua pedrinha sobre o túmulo. Uma pedrinha que tinha sido uma pedrinha muito especial. Segundo ele, eu poderia adivinhar do que se tratava, mas já por razões de piedade ele não gostaria de revelar agora...

"Mas o melhor de Praga", disse André, "Não estou mais sozinho!"

"Conheceu alguém?", perguntei.

"Assim eu também não diria", disse André.

"Eu encontrei um animal de estimação, ou melhor, um bichinho de estimação."

Depois da visita ao cemitério, André teria, segundo ele, jantado na cidade velha em um desses impossíveis restaurantes de *fast food* descolados. E lá, numa fenda do papel de parede, ele notou a presença de uma barata. É claro, segundo ele, que teve de pensar imediatamente em Kafka. Não foi por pena que ele construiu uma espécie de armadilha a partir da caixa de batatas fritas, atraindo a barata com alguns restos fritos para prendê-la ali dentro. Foi mais como uma espécie de cumplicidade. Uma admiração por uma criatura que Kafka tinha tomado como imago literário, e que talvez poderia ser definido como um leitor amaldiçoado, como nos finais dos contos de fadas, aquele que, ainda mais consequente do que ele próprio, teria trilhado pessoalmente o caminho de suas leituras.

Segundo André, em sua viagem de volta, ele alimentou a sua barata com folhas de salada e rabanetes e, no apartamento em Steglitz, finalmente concedeu a ela novamente um terreiro apropriado para se mover à vontade. Com o tempo, o bichinho sentia-se bastante confortável em sua casa. Já havia crescido consideravelmente. Segundo André, se ele me revelasse agora ao telefone o tamanho atual do inseto, certamente eu o consideraria um exagerado sem noção, no entanto, eu deveria visitá-lo, já que não nos víamos há muito tempo e nesse ponto André hesitou, parecia que ele tinha algo pra me dizer, algo sobre o qual talvez nem ele mesmo soubesse se deveria contar a alguém ou não. Então eu ouvi uma voz no fundo, que somente ao longe lembrava uma voz humana, e a de André, que dizia ter que desligar o telefone rapidamente. Ele retornaria à ligação. Em todo caso. Logo. E antes que eu pudesse responder qualquer coisa, a ligação caiu.

Títulos das Edições Jabuticaba

Discoteca Selvagem
Cecilia Pavón
trad. Mariana Ruggieri e Clarisse Lyra

Estrelas brilham, mastigam lixo
Reuben
posfácio Júlia de Carvalho Hansen

Sereia no copo d'água
Nina Rizzi
posfácio Estela Rosa

Por qual árvore espero
Eileen Myles
trad. Mariana Ruggieri, Camila Assad e Cesare Rodr

Variações sobre tonéis de chuva
Jan Wagner
trad. Douglas Pompeu

A invenção dos subúrbios
Daniel Francoy
posfácio Guilherme Gontijo Flores

Que tempos são estes
Adrienne Rich
trad. Marcelo F. Lotufo

Por trás e pela frente primeiro
Kurt Schwitters
trad. Douglas Pompeu

As Helenas de Troia, NY
Bernadette Mayer
trad. Mariana Ruggieri

O método Albertine
Anne Carson
trad. Vilma Arêas e Francisco Guimarães

O hábito da perfeição
Gerard Manley Hopkins
trad. Luís Bueno

Os elétrons (não) são todos iguais
Rosmarie Waldrop
trad. Marcelo F. Lotufo

Cálamo
Walt Whitman
trad. Eric Mitchell Sabinson

Nocaute / 6 poetas / Cuba / hoje
org. José Ramón Sánchez
trad. Rodrigo A. do Nascimento e Mariana Ruggieri

Ova Completa
Susana Thénon
trad. Angélica Freitas

Sotto Vocce e outros poemas
John Yau
trad. Marcelo Lotufo

Diário de Classe
Antonio Arnoni Prado
apresentação Vilma Arêas

Percurso livre médio
Ben Lerner
trad. Maria Cecilia Brandi

O velho que não sente frio
Daniel Francoy

Vontade de ferro
Nikolai Leskov
trad. Francisco de Araújo

Cidadã
Claudia Rankine
trad. Stephanie Borges

Cada um a seu modo
Marcelo F. Lotufo
posfácio Vilma Arêas

X, Y, Z
Carolina Tobar
trad. Marcelo Lotufo

Meus poemas não mudarão o mundo
Patrizia Cavalli
trad. Cláudia T. Alves

Mundo Barbie
Denise Duhamel
trad. Miriam Adelman, Julia Raiz, Emanuela Siqueira

Próximos lançamentos

No ano de 2040: poemas
Valéri Pereléchin
org. Bruno Gomide e Rodrigo A. do Nascimento
trad: Letícia Mei

Filhos de Adão
Walt Whitman
trad. Eric Mitchell Sabinson

Timo Berger (1974, Stuttgart) é poeta, tradutor e mediador de literatura brasileira e latino-americana na Alemanha em Berlim, onde organiza o festival de literatura Latinale.. Os seus contos foram publicados em jornais, revistas e antologias alemãs e alguns deles foram traduzidos ao espanhol. Editou o livro "Buenos Aires. Eine literarische Einladung" (Berlim, Verlag Klaus Wagenbach, 2019) e pubicou como autor *extra muros. poemas públicos* (Bilbao und Madrid, L.U.P.I. e Zoográfico, 2018), assim como *Música muerta* (Buenos Aires, Eloísa Cartonera, 2019).

Douglas Pompeu (1983, Indaiatuba) é tradutor e co-editor da revista *alba.lateinamerika lesen* em Berlim. Traduziu pela Edições Jabuticaba obras de autores alemães modernos e contemporâneos como Kurt Schwitters e Jan Wagner. Também é tradutor de *Passeios com Robert Walser* (1957) de Carl Seelig, lançado este ano pela Papéis Selvagens.

ISBN 978-650023981-2

9 786500 239812

Este livro foi impresso na gráfica PSI7, em papel pólen bold 80 g/m² (miolo) e cartão 250g/m² (capa) e composto em Garamond